レッツゴー！
まいぜんシスターズ

人食いタコVSセキュリティ

石崎洋司／文
佐久間さのすけ／絵

POPLAR
KIMINOVEL

ぼくたち、まいぜんシスターズ

ウサギのぜんいち

プログラミングやゲームが得意《とくい》！
優《やさ》しい性格《せいかく》で、いろんなことを教《おし》えてくれるよ。

カメのマイッキー

食《く》いしん坊《ぼう》で自由奔放《じゆうほんぼう》な性格《せいかく》。
ケーキが大好《だいす》き！
ぜんいちといつも遊《あそ》んでいるよ。

ふたりは仲良《なかよ》し！　いっしょに暮《く》らしてるよ！

この本《ほん》はこんなお話《はなし》が3つも読《よ》めるよ！

人食《ひとく》いタコ VS《バーサス》 セキュリティ

4ページ

村《むら》をおそった人食《ひとく》いタコをさがして、海《うみ》の中《なか》を大冒険《だいぼうけん》！
沈没船《ちんぼつせん》や海底神殿《かいていしんでん》を探索《たんさく》してたら、
巨大《きょだい》なタコがおそってきた!?
セキュリティを作《つく》って対抗《たいこう》だ！

ダイヤモンドを大量《たいりょう》ゲットして大富豪《だいふごう》になる！

75ページ

持《も》ってるダイヤモンドの数《かず》が頭《あたま》の上《うえ》に表示《ひょうじ》
されてしまう世界《せかい》へきてしまったふたり。
ダイヤモンドをたくさん集《あつ》めて大金持《おおがねも》ちに
なろうとしたら、強盗《ごうとう》が現《あらわ》れて……!?

ひみつのエレベーターをのぼった結果《けっか》

108ページ

とつぜん友達《ともだち》の村《むら》に現《あらわ》れた天《てん》まで届《とど》く
エレベーター。様々《さまざま》なトラップを
くぐりぬけ、目指《めざ》せてっぺん！
てっぺんには一体何《いったいなに》があるのかな!?

← さぁ、きみもいっしょに冒険《ぼうけん》にでかけよう！

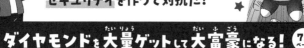

人食《ひとく》いタコ
VS《バーサス》セキュリティ

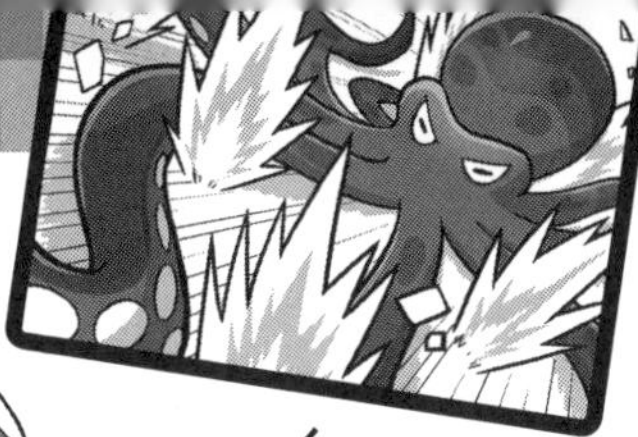

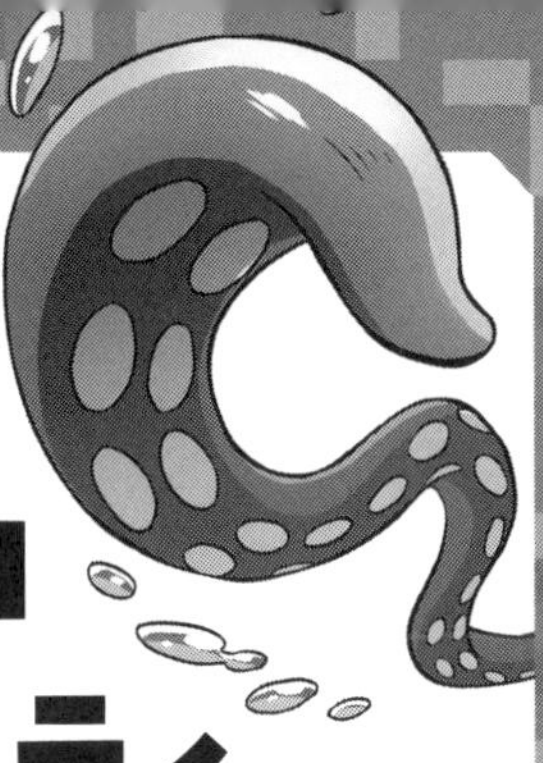

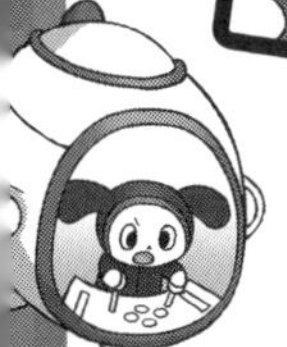

人《ひと》食《く》いタコ VS《バーサス》 セキュリティ

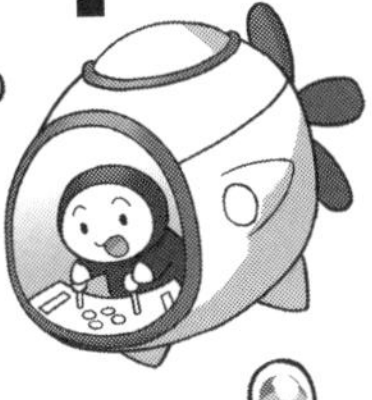

もくじ

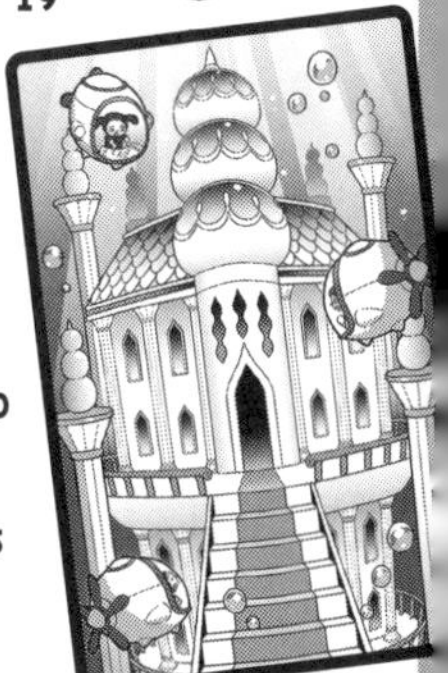

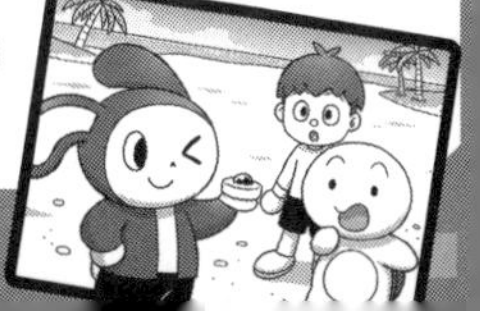

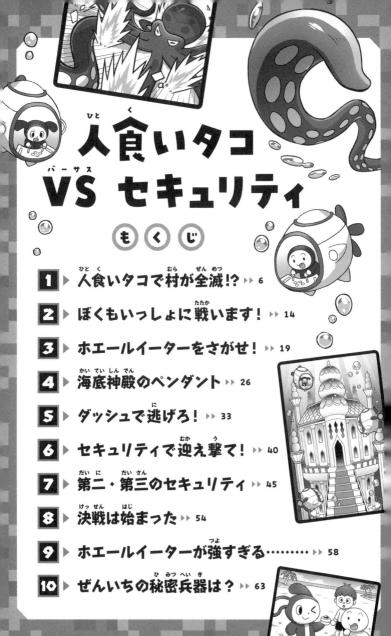

1 人《ひと》食《く》いタコで村《むら》が全滅《ぜんめつ》!?

こんにちは、ぜんいちです!

いきなりですが、マイッキーにクイズです。

「マイッキー、世界一大《せかいいちおお》きい動物《どうぶつ》は何《なに》か知《し》ってる?」

「シロナガスクジラでしょ!」

おおおっ! マイッキー、よく知《し》ってるな……。

「それぐらい知《し》ってるよ!」

「じゃあ、そのシロナガスクジラをも食《た》べてしまう、超巨大《ちょうきょだい》なタコがいることは知《し》ってる?」

「まったくまたぁ。そんなタコいるわけないでしょ」

それがいるんです。その名《な》も『ホエールイーター』!

英語《えいご》のホエールはクジラ、イーターは食《た》べる人《ひと》や生物《せいぶつ》のこと。

つまり『ホエールイーター』で、クジラを食《た》べる生《い》き物《もの》っていうこと。

「そんな超《ちょう》キケン生物《せいぶつ》が、ある村《むら》をおそったっていう知《し》らせが入《はい》ったんだよ。なので、マイッキー、これから調査《ちょうさ》をして、ホエールイーターを退治《たいじ》したいと思《おも》います！」

「わかった！　この世界《せかい》をぼくたちの手《て》で守《まも》らなくちゃ！」

★★★

というわけで、巨大《きょだい》タコにおそわれた村《むら》にやってきました。

最初《さいしょ》に調査《ちょうさ》するのは、ホエールイーターが上陸《じょうりく》したという、広《ひろ》い砂浜《すなはま》。

「見《み》て見《み》て、ぜんいちくん、なんかおかしなものがあるよ」

マイッキーが指《ゆび》さしたのは、点々《てんてん》と広《ひろ》がる赤《あか》いしみ。

「って、マイッキー、これ、血《ち》だよ！」

そのむこうには、白《しろ》くてまるいものがある。緑色《みどりいろ》の水玉模様《みずたまもよう》になっているけど、これはカメの卵《たまご》みたいだな。血《ち》のあととカメの卵《たまご》。って、ことは……。

「わかったぞ、マイッキー。これは、卵《たまご》を産《う》みに来《き》たカメを、ホエールイーターが食《た》べたってことだよ」

「なんだって！」

マイッキーが、ぴょーんとジャンプ。

「カメを食《た》べるなんて許《ゆる》せないよ！　ホエールイーターは、ぼくの手《て》でぜったいたおしてやる！」

「もちろんだよ。ただ、マイッキー、砂浜《すなはま》のむこうの村《むら》を見《み》て」

どの家《いえ》も、屋根《やね》がこわされたり、壁《かべ》がくずされたりしている。

なかには、あとかたもなく破壊《はかい》された家《いえ》も。

「ホエールイーターは超巨大《ちょうきょだい》らしいし、油断《ゆだん》したら、ぼくたちなんて一瞬《いっしゅん》で食《た》べられてしまうだろうな」

「ええっ、うっそ……。ぼく、食《た》べられたくない……」

マイッキー、しゅんとしちゃった。

「でもだいじょうぶ。秘密兵器《ひみつへいき》をもってきたから」

「すごい！　さすがはぜんいちくん！　それなら余裕《よゆう》で勝《か》てるね」

「うん。ただね、戦《たたか》いの前《まえ》に、まずは生存者《せいぞんしゃ》がいないか、さがそうよ」

「そうだね。ようし、村《むら》へ行《い》こう！」

★★★

「おーい、だれか、いませんかぁ！」

マイッキーが大《おお》きな声《こえ》をだしてるけれど、返事《へんじ》なし。

「しかし、村《むら》は大変《たいへん》なことになってるね。見《み》て、マイッキー。ここに血《ち》のあとがある」

「家《いえ》はぜんぶ、ボロボロだし、この調子《ちょうし》じゃ、生存者《せいぞんしゃ》もいないかもね」

「うーん……。あ、待《ま》って、マイッキー。あそこにだれかいるぞ！」

「生存者《せいぞんしゃ》かも！　ぜんいちくん、行《い》ってみよう！」

かけよってみると、それは小《ちい》さな男《おとこ》の子《こ》。こわれた家《いえ》の前《まえ》で、うつむいて泣《な》いている。

「きみ、ホエールイーターが出現《しゅつげん》したって聞《き》いたんだけど、だいじょうぶ？」

すると、男《おとこ》の子《こ》、涙《なみだ》でぬれた目《め》でぼくたちを見《み》あげた。

「こわがらないで。ぼくたち、ホエールイーターを退治《たいじ》しにきたんだから」

「そうそう、だから、なにがあったか、教《おし》えてくれる？」

ぼくたちがやさしく語《かた》りかけると、男《おとこ》の子《こ》はぽつりぽつりと語《かた》りはじめた。

「昨日《きのう》の夕方《ゆうがた》。夕《ゆう》ご飯《はん》を食《た》べようとしていたら、外《そと》で悲鳴《ひめい》が聞《き》こえたの」

それでようすを見《み》ようと窓《まど》に近《ちか》づいたら、**パリン**と窓《まど》が割《わ》れて、太《ふと》くて、赤《あか》くて、ぬめぬめしたものが、家《いえ》の中《なか》に入《はい》りこんできたんだって。

「それには、まるい吸盤《きゅうばん》みたいなものがたくさんついていたの。そして、お父《とう》さんとお母《かあ》さんを吸《す》いつけると、家《いえ》の外《そと》へひきずりだしたんだよ」

つまり、ぬめぬめした赤《あか》いものは、巨大《きょだい》なタコの足《あし》だったんだね。

「お母《かあ》さんはひきずりだされるとき、『タンスの後《うし》ろにかくれなさい！』って、いったの。だから、ぼく、いわれたとおりにしたの。夜《よる》が明《あ》けるま

で、ずっと……」

なるほど、それで助《たす》かったってことか。ゆうかんなお母《かあ》さんだね。

「だけど、さっき外《そと》へ出《で》てみたら、村《むら》はあとかたもなくこわされてて、お父《とう》さんもお母《かあ》さんも村《むら》の人《ひと》たちも、だれもいなくて……」

「それじゃあ、村人《むらびと》たち全員《ぜんいん》、巨大《きょだい》タコに食《た》べられちゃったってこと？」

男《おとこ》の子《こ》は、こくっとうなずくと、ぽろぽろと大粒《おおつぶ》の涙《なみだ》をこぼした。

そうしたら、マイッキーは、怒《いか》りでぶるぶるふるえだして。

「もう、ぜったい許《ゆる》せない！　この子《こ》のお父《とう》さんとお母《かあ》さんのかたきをうってやる！」

「そうだね！　村人《むらびと》全員《ぜんいん》のかたきうちをしよう！」

そのためにも、ひきつづき、村《むら》の調査《ちょうさ》を続行《ぞっこう》しよう。

2

ぼくもいっしょに戦《たたか》います！

　ぼくたちがやってきたのは、村《むら》はずれの牧場《ぼくじょう》。

　ところが、ここもがらんとして、牛《うし》もヒツジも、一頭《いっとう》もいない。

「ぜんいちくん、ここにも血《ち》のあとがあるよ。家畜《かちく》も一匹《いっぴき》のこらず、ホエールイーターに食《た》べられちゃったみたいだね」

　うーん、これはかなりまずい状況《じょうきょう》かも。

「ホエールイーターは、人間《にんげん》や動物《どうぶつ》を食《た》べた後《あと》、卵《たまご》をうんで、どんどん増《ふ》えていくんだ。このままほうっておいたら、人類《じんるい》は滅亡《めつぼう》してしまうよ」

「だったら、ぜんいちくん、いますぐ秘密兵器《ひみつへいき》をもって海《うみ》に行《い》こうよ！」

　怒《いか》りに燃《も》えるマイッキー、海《うみ》にむかって走《はし》りだした。

「ちょっと待《ま》って、マイッキー。そのまえにすることがあるんだから」

「え？　することって？」

「ホエールイーターは夜行性《やこうせい》でね、昼間《ひるま》は海《うみ》のおく深《ふか》くで眠《ねむ》っているんだよ」

だから、そのあいだに居場所《いばしょ》を突《つ》きとめるんだ。それさえわかれば、攻撃《こうげき》はいつでもできるからね。

「なので、まずは潜水服《せんすいふく》と潜水艇《せんすいてい》を用意《ようい》することからはじめま……」

「ちょっと待《ま》ってください！」

ん？　あ、さっきの男《おとこ》の子《こ》が走《はし》ってくるぞ。

「ぼくも連《つ》れていってください！」

え？　連《つ》れていってって、ホエールイーター退治《たいじ》に？

「お父《とう》さんとお母《かあ》さんのかたきをとりたいんです！」

「それは無理《むり》だよ。ホエールイーターは、ものすごくキケンな生物《せいぶつ》なんだ。海《うみ》にもぐることだって、とても危《あぶ》ないんだから」

「そうそう。ぼくたちが必《かなら》ず、かたきをとってくるからさ。きみは、ここで待《ま》っていて」

男《おとこ》の子《こ》は、しゅんとしてる。

なんだか胸《むね》が痛《いた》むけど、こんな小《ちい》さな子《こ》を危《あぶ》ない目《め》にあわせるわけにはいかないからね、ここは心《こころ》を鬼《おに》にして、おいていこう。

「それじゃあ、マイッキー。準備《じゅんび》にかかるぞ」

「オッケー！」

ぼくたちが、潜水服《せんすいふく》と潜水艇《せんすいてい》をさがしに走《はし》りだしたとき。

足《あし》もとを、なにか小《ちい》さいものがすりぬけていった。

「お願《ねが》いです！　ぼくを連《つ》れていってください！」

あれ？　あの男《おとこ》の子《こ》だ。うわあ、すばしっこいな。

「でも、だめなものはだめなんだ。わかってよ」

「わかりません！　連《つ》れていってくれなくても、ぼく、ずっとあとをついていきます！」

そうしたら、マイッキーがぼくの前《まえ》に進《すす》み出《で》て。

「ねえ、ぜんいちくん、連《つ》れていってあげようよ」

マイッキー……。

「さっきの砂浜《すなはま》で、カメが食《た》べられたあとを見《み》たら、同《おな》じカメとしてぜっ

たい許《ゆる》せない、この手《て》でやっつけたいって思《おも》ったんだ。だから、この子《こ》が、自分《じぶん》の手《て》でかたきをうちたいっていう気持《きも》ち、すっごいわかるんだよ」

うーん……。そうかぁ……。

「**わかった。連《つ》れていってあげるよ**」

「ほ、ほんとですか？　ありがとうございます！」

「でもね、かなりキケンがともなう冒険《ぼうけん》だよ。覚悟《かくご》を決《き》めてくれないとこまるよ」

「もちろんです！」

「ところで、きみ、名前《なまえ》は？」

「**カイトです！**」

「ぼくはマイッキーっていうの。カイトくん！　だいじょうぶ、きみのことは、なにがあっても、このマイッキーがぜったいに守《まも》ってあげるからね！」

3 ホエールイーターをさがせ！

というわけで、ただいま、ぼくたちは海《うみ》の上《うえ》。船《ふね》にのってま～す。

村《むら》はなにもかもこわされて、だれもいなかったけど、港《みなと》には大《おお》きな船《ふね》が無傷《むきず》でのこっていたんだ。

しかも、船《ふね》にはひとり乗《の》りの小型潜水艇《こがたせんすいてい》が三隻《さんせき》に、潜水服《せんすいふく》。

「まるで、ホエールイーターさがしを応《おう》えんしてくれてるみたいだね！」

マイッキーのいうとおり。

「ようし、かなり沖《おき》まで出《で》てきたし、みんな、潜水服《せんすいふく》に着《き》がえよう」

ゴムでできたウェットスーツに、足《あし》にはヒレ。タンクを背負《せお》って、息《いき》をするためのレギュレーターというのをくわえる。あとは、水中《すいちゅう》メガネに水《すい》中《ちゅう》ライト。

「そして、これがレーザー銃《じゅう》」

「ぜんいちくん、これが秘密兵器《ひみつへいき》なんだね！」

「ううん。ホエールイーターは巨大《きょだい》だから、レーザー銃《じゅう》じゃたおせないよ。これは万《まん》が一《いち》のための武器《ぶき》。秘密兵器《ひみつへいき》は別《べつ》にあるんだ。でも、それはあとで話《はな》すよ」

とにかく、海《うみ》にもぐる準備《じゅんび》は、これで完了《かんりょう》。

「そうしたら、作戦《さくせん》はこうだよ」

1　ホエールイーターを見《み》つけたら、起《お》こさないようにそうっと近《ちか》づく。
2　そこへ、ぼくの秘密兵器《ひみつへいき》を置《お》いて、その場《ば》から逃《に》げる。

「了解《りょうかい》～。カイトくんもわかった？」

「わかりました！」

「よし、それじゃあ、みんな、潜水艇《せんすいてい》に乗《の》りこんで！」

ぼくたちは、船《ふね》からひとり乗《の》り用《よう》の潜水艇《せんすいてい》をおろすと、それぞれに飛《と》び乗《の》った。

「スロットル・オン！　さあ、海《うみ》の底《そこ》へもぐろう！」

自転車《じてんしゃ》みたいなハンドルをつかんで、右手《みぎて》のグリップをぐいっとまわす。

すると、スクリューがぐるぐるまわって、いっきに海《うみ》の中《なか》へ。

「カイトくん、あたり一面《いちめん》、青《あお》の世界《せかい》！　魚《さかな》もいっぱいいるよ！」

「マイッキーさん、魚《さかな》の種類《しゅるい》もすごく多《おお》いし、どの魚《さかな》もきれいですね！」

マイッキーたち、潜水艇《せんすいてい》の通信装置《つうしんそうち》でおしゃべりしてる。ずいぶん楽《たの》しそうだけど、だいじょうぶかなぁ。

「気《き》をつけて。ホエールイーターはどこにひそんでるか、わからないよ」

「ぜんいちくんは心配性《しんぱいしょう》だねぇ。ホエールイーターは昼間《ひるま》は寝《ね》てるっていったの、ぜんいちくんだよ」

それはそうなんだけど……。

「あれ？　ぜんいちくん、あそこに沈没船《ちんぼつせん》があるよ。すごく大《おお》きいね」

「これはホエールイーターにおそわれて沈没《ちんぼつ》したのかもしれないぞ」

「ホエールイーターって、こんな大《おお》きな船《ふね》も沈《しず》めることができるの？」

ぜったいたおすとはりきってたマイッキー、ちょっとビビってます。

「とにかくホエールイーターの手《て》がかりがないか、沈没船《ちんぼつせん》を探索《たんさく》しよう」

ぼくたちは、潜水艇《せんすいてい》をおりて、船《ふね》の甲板《かんぱん》や、マストのまわりを、ていねいに調《しら》べていったんだけど。

「ぜんいちくん、ぜんいちくん、こっち来《き》て！」

「どうしたの、マイッキー？　どこにいるの？」

「甲板《かんぱん》の下《した》のほうだよ！」

あ、船室《せんしつ》の後《うし》ろのほうに、マイッキーとカイトくんがいる。

「ぜんいちくん、ここに、船室《せんしつ》に入《はい》れるとびらがあるんだよ」

「しかも、とびらには、なにかがすりぬけたようなあとがあるんです。これ、ホエールイーターが通《とお》ったあとじゃないでしょうか」

なるほど！　マイッキー、カイトくん、これは大発見《だいはっけん》かも！

「だったら、ぜんいちくん、ぼく、とびらを開《あ》けてみるよ」

そういって、マイッキーがとびらに手《て》をかけたとたん。

むこうから、灰色《はいいろ》の影《かげ》が、ミサイルみたいに飛《と》びだしてきた。

「うわぁ！　サメだ！」

ぱっくり口《くち》を開《ひら》いて、のこぎりみたいな歯《は》をむきだしにしたサメが、マイッキーを飲《の》みこもうとしている。

「うぎゃぁ、助《たす》けて〜」

よしっ、ここはレーザー銃《じゅう》を使《つか》おう！

ビビビーッ。

ボムッ！　赤《あか》いレーザー光線《こうせん》をまともにくらって、サメはこっぱみじん。

「ぜんいちくん、助《たす》かったよ。ありがとうございますぅ！」

「人食《ひとく》いザメが飛《と》びだしてくるとはね。ほんとにあぶなかった……」

マイッキーもぼくも、まだドキドキ。でも、カイトくんは落《お》ちついていて。

「とびらについていたのは、サメが出入《でい》りしたあとだったんですね。ホエールイーターは、ここにはいないのかもしれません」

「よし、ほかの場所《ばしょ》を調査《ちょうさ》してみよう」

4

海底神殿《かいていしんでん》のペンダント

ところが潜水艇《せんすいてい》でどこをさがしても、ホエールイーターは見《み》つからない。

いったい、どこにいるんだろう。

「ねえ、ぜんいちくん。むこうにまた、沈没船《ちんぼつせん》があるんだけど」

え？　また、沈没船《ちんぼつせん》？

でも、近《ちか》づいてみると、それは船《ふね》よりはるかに巨大《きょだい》な建物《たてもの》。

お正月《しょうがつ》の鏡餅《かがみもち》みたいに、丸《まる》いものを三段《さんだん》にかさねた形《かたち》をしている。

「マイッキー、これは海底神殿《かいていしんでん》だよ！」

たぶん、大昔《おおむかし》の人《ひと》が造《つく》った建物《たてもの》が、地面《じめん》ごと海《うみ》にしずんだ「遺跡《いせき》」だね。

「これだけ大《おお》きいと、ホエールイーターも姿《すがた》をかくしやすそうだね。ここが住《す》みかかもしれないから、潜水艇《せんすいてい》をおりて、中《なか》をさがしてみよう」

「わかった！」

潜水艇《せんすいてい》を神殿《しんでん》の入《い》り口《ぐち》につないで、中《なか》に入《はい》ると、そこはホールのような場所《ばしょ》だった。

「うわぁ、めっちゃ広《ひろ》いね、ぜんいちくん！」

「屋根《やね》はドームになってるんですね」

「壁《かべ》にうめこまれた青《あお》い宝石《ほうせき》が、きらきら輝《かがや》いてるよ」

そうやって、もぐったり、浮《う》いたりして、神殿《しんでん》をあちこち調《しら》べていると。

「マイッキー、あそこになにかあるぞ」

ぼくが指《ゆび》さしたのは、砂《すな》におおわれた床《ゆか》。

「これ、とびらだよ。よし、開《あ》けて入《はい》ってみよう」

そうしたら、マイッキーが、ずりずりっとあとずさり。

「ぜんいちくん、また人食《ひとく》いザメが出《で》てくるんじゃない？」

まあ、その心配《しんぱい》はわかります。

「だいじょうぶ、とびらはぼくが開《あ》けるからね。行《い》くぞ」

スリー、ツー、ワン！　オープン！

……よかった。こんどは何《なに》も出《で》てこなかったよ。

「それじゃあ、中《なか》に入《はい》ってみよう」

すると、そこはさらに巨大《きょだい》な海中洞窟《かいちゅうどうくつ》だった。

しかも、ただ広《ひろ》いだけじゃない。どの岩《いわ》もブルーや金色《きんいろ》に輝《かがや》いてる。

「ぜんいちくん！　これ、もしかして、ダイヤモンドと金《きん》じゃない？」

「もしかしなくても、ダイヤモンドと金《きん》だね！」

「ぼくたち、ホエールイーターの代《か》わりにお宝《たから》を見《み》つけちゃったんですね！」

みんな大興奮《だいこうふん》！　でも、それで終《お》わりじゃなかった。

「ぜんいちくん、チェストがあるよ！　お宝《たから》が入《はい》ってるかも」

「よし、さっそく開《あ》けてみよう！」

スリー、ツー、ワン！　オープン！

その瞬間《しゅんかん》、マイッキーとぼくは、そろって、のけぞった。

「ま、まぶしい。目《め》を開《あ》けていられないくらいだよ……」

輝《かがや》いていたのは、箱《はこ》いっぱいにつまったダイヤモンドと金《きん》！

「すっごい〜！　またまた、お宝《たから》、大発見《だいはっけん》ですぅ！」

マイッキー、声《こえ》がうらがえってます。

でも、ぼくも、こんなことになるとは、予想《よそう》してなかった……。

「あれ？　マイッキー、カイトくんはどこ？」

「え？　カイトくん？」

マイッキー、きょろきょろ。ぼくもきょろきょろ。

「あ、ぜんいちくん、あそこにいたよ！」

マイッキーが洞窟《どうくつ》の底《そこ》へともぐっていく。ついていくと、カイトくんが岩《いわ》かげから、なにかをひろいあげるところだった。

「カイトくん、それ、宝石《ほうせき》のペンダントでしょ。またお宝発見《たからはっけん》だなんて、すごいね～」

マイッキーが声《こえ》をはずませると、カイトくんは、きっぱり首《くび》をふった。

「いいえ、このペンダントは、ぼくのお母《かあ》さんがつけていたものです」

なんだって！

「でも、そうか。岩《いわ》のかげに、下《した》へ続《つづ》くトンネルがあるもの。そこに、ホエールイーターがいるのかもしれないな」

「だけど、ぜんいちくん。ホエールイーターって、クジラを食《た》べるほど大《おお》きいんだよ。こんな細《ほそ》いトンネル、通《とお》れないでしょ」

「タコは軟体動物《なんたいどうぶつ》っていって、体《からだ》がぐに

やぐにゃしているんだ。だから、細《ほそ》いトンネルでも、体《からだ》の形《かたち》を変《か》えて通《とお》りぬけられるはずだよ」

なので、ぼくたちも、このトンネルを通《とお》って、さらに下《した》を調査《ちょうさ》するべきだと思《おも》う。

「ただし、そのまえに、ぼくがたてた作戦《さくせん》をもう一度《いちど》、確認《かくにん》だ」

ぼくは、マイッキーとカイトくんを見《み》つめた。

「ホエールイーターを見《み》つけたら……」

「起《お》こさないように、そっと近《ちか》づく」

「それから秘密兵器《ひみつへいき》を置《お》いて、ダッシュで逃《に》げる」

ふたりとも、よくできました！

「それじゃあ、トンネルに入《はい》ろう！」

5

ダッシュで逃《に》げろ！

細《ほそ》いトンネルは、下《した》に向《む》かって、どこまでも続《つづ》いている。

チャポン、チャポン、チャポン。

「ぜんいちくん、もぐればもぐるほど暗《くら》くなって、先《さき》がよく見《み》えないよ」

「**そうだね。だったら、この『LED《エルイーディー》ランタン』を使《つか》おう**」

それは「ちょうちん」形《がた》のランプ。LED照明《エルイーディーしょうめい》はふつうのランプより電《でん》池《ち》が長《なが》もち。そしてとても小《ちい》さい。だから、たくさんもってきたんだ。

「進《すす》みながらランタンを置《お》いていけば、帰《かえ》り道《みち》も明《あか》るい道《みち》をもどれるよ」

「ナイス、ぜんいちくん！　これならよく見《み》えるし、こわくないね！」

みんなで、ランタンを置《お》きながら、どんどんトンネルを進《すす》んで行《い》く。

チャポン、チャポン……。

「ぜんいちくん、ストップ。道《みち》が分《わ》かれてるよ。どっちにいく？」

「うーん……。とりあえず左《ひだり》がわに行《い》こう。でも、ここからは急《いそ》ぐよ」

もし何《なに》もいなかったら、すぐにもどって、右《みぎ》に進《すす》みたいからね。

それにしても、このトンネル、どこまで続《つづ》くんだろ。

チャポン、チャポン、チャポン！

ランタンがどんどん減《へ》っていく……。

「あ、マイッキー、ぼくのランタン、とうとうなくなっちゃったよ」

「ぼくもだよ。カイトくんもなくなったみたい。どうする？」

「しかたない。ランタンなしで、進《すす》むしかないな」

水中《すいちゅう》ライトはもっているけど、あまり使《つか》いたくないんだ。

光《ひかり》が強《つよ》すぎて、ホエールイーターを起《お》こしちゃうおそれがあるからね。

ぼくたちは、ほとんどまっくらな海《うみ》の中《なか》を、手《て》さぐりで進《すす》んで行《い》った。

ところが、それから一分《いっぷん》とたたないうちに。

「ちょっと待《ま》って、ぜんいちくん！　カイトくんがいないんだけど……」

「ほんとに？　後《うし》ろにいるんじゃない？」

「それがいないの……。カイトくん！　どこ？　いたら、返事《へんじ》して！」

返事《へんじ》なし。ってことは、ひとりで先《さき》に進《すす》んじゃったのかも。

「マイッキー、カイトくんをさがしに進《すす》もう！　海《うみ》の中《なか》で迷子《まいご》になったら、大変《たいへん》なことになるから！」

「うんっ。カイトくん、どこへ行《い》ったの？　カイトくーん！」

チャポン、チャポン、チャポン！

ぼくたちは、暗《くら》い海《うみ》の中《なか》を泳《およ》いでいった。すると……。

「あれ？　マイッキー、なんだか開《ひら》けた場所《ばしょ》に出《で》たぞ」

「ほんとだ。がらんとしてるね。カイトくんもここにいるのかな」

でも、暗《くら》くてよく見《み》えないな……。

しょうがない。こうなったら、水中《すいちゅう》ライトを使《つか》おう。スイッチオン！

え⁉　ぼくたちの足《あし》もとに、巨大《きょだい》な穴《あな》がぽっかりとあいてる……。

それもオリンピックを開《ひら》く、スタジアムみたいに広《ひろ》い！

「**ぜんいちくん！　あそこにカイトくんがいるよ！**」

ほんとだ。海底《かいてい》にある大《おお》きな岩《いわ》を、じっとのぞきこんでるね。

「ああ、無事《ぶじ》でよかったよ、カイトくん！」

マイッキーが声《こえ》をはずませて、カイトくんのほうへ泳《およ》いでいったとき。

あれ？　カイトくんが見《み》ている岩《いわ》、いま、ぴくっと動《うご》いたぞ。

それに、あの岩《いわ》、よく見《み》ると、色《いろ》も形《かたち》もおかしくない？　赤《あか》いし、頭《あたま》みたいにまるいし、その下《した》には足《あし》みたいなものが何本《なんぼん》も……。

「**マイッキー、カイトくん！　作戦中止《さくせんちゅうし》！　いますぐ逃《に》げるんだ！**」

「どうしたの、ぜんいちくん？」

「それは岩《いわ》じゃない、ホエールイーターだ！　水中《すいちゅう》ライトが、ホエールイーターを起《お》こしちゃったんだ！」

「ええぇ!?　カイトくん、こっちへ来《き》て！　いっしょに逃《に》げよう！」

「はいっ！」

ぼくたちは、さっき泳《およ》いできた、トンネルにもぐりこんだ。

でも、すぐにカイトくんの悲鳴《ひめい》があがって。

「後《うし》ろを見《み》てください！」

わっ、赤《あか》い足《あし》が一本《いっぽん》、トンネルのむこうから、こっちへのびてくる！

「やだやだやだ！　ぼく、つかまりたくないよ！」

「ぼくだって！　とにかく、急《いそ》いで逃《に》げよう！」

ぼくたちは必死《ひっし》に泳《およ》いだ。でも、後《うし》ろをふりかえると……。

「うわぁ、赤《あか》い足《あし》が、すぐ後《うし》ろにまでせまってる」

「まずい、まずい！　急《いそ》いで、急《いそ》いで！」

トンネルはまがりくねってるから、一瞬《いっしゅん》、ホエールイーターの足《あし》は見《み》えなくなる。けれど、すぐにまた、そこから赤《あか》い足《あし》がにゅっと現《あらわ》れるんだ。

「こわい、こわい！　カイトくんも急《いそ》ごう！」

「はいっ！　マイッキーさんも、がんばって！」

チャポン！

「ぜんいちくん、金《きん》とダイヤモンドの海中洞窟《かいちゅうどうくつ》までもどってきたよ！」

「つぎは上《うえ》に見《み》える四角《しかく》い穴《あな》まで泳《およ》ごう！　あれは、ぼくたちが通《とお》りぬけてきた、海底神殿《かいていしんでん》の底《そこ》にあったとびらだからね！」

ぼくたちは両手《りょうて》と両足《りょうあし》をけんめいに動《うご》かして、急浮上《きゅうふじょう》。

そして四角《しかく》いとびらをぬけると、思《おも》った通《とお》り、海底神殿《かいていしんでん》のホールに出《で》た。

「あともう少《すこ》しだ！　みんな、がんばれ！」

ぼくたちは、神殿《しんでん》の出口《でぐち》にむかって、バタ足《あし》で泳《およ》いでいく。

「ぜんいちくん！　潜水艇《せんすいてい》があるよ！」

「よしっ、みんな、潜水艇《せんすいてい》に乗《の》って、浮上《ふじょう》しよう！」

ぼくたちは、それぞれの潜水艇《せんすいてい》に飛《と》び乗《の》ると、スロットル全開《ぜんかい》！

キュルルルルル！

ちらっと後《うし》ろをふりかえると、ホエールイーターの足《あし》も、海底神殿《かいていしんでん》の出《で》口《ぐち》から外《そと》に出《で》ようとしているところだった。

でも、潜水艇《せんすいてい》は、泳《およ》ぎとはくらべものにならないくらいの猛《もう》スピード。

ホエールイーターとの距離《きょり》は、どんどんはなれていく。

「いいぞ、いいぞ！　みんな、この調子《ちょうし》で船《ふね》までもどるぞ！」

6 セキュリティで迎《むか》え撃《う》て!

それから三分後《さんぷんご》。

ぼくたちは、三人《さんにん》そろって、なんとか船《ふね》にもどることができた。

「こわかったね、カイトくん……」

「はい、もうだめかと思《おも》いました……」

マイッキーとカイトくん、甲板《かんぱん》にへたりこんでる。

「だけど、ぜんいちくん、これからどうするの?」

「うーん、かなりまずいことになったかも……」

ホエールイーターは、一度《いちど》ねらった獲物《えもの》は逃《のが》さないって、いわれてる。

「それを怒《おこ》らせてしまったわけだからね、ぼくたちのことを、どこまでも追《お》いかけてくるんじゃないかな」

「ええっ！　ど、どうしよう……」

マイッキー、甲板《かんぱん》をおろおろしてる。

「こうなったら、ホエールイーターを迎《むか》え撃《う》とうよ」

急《いそ》いで村《むら》にもどって、ホエールイーターに対抗《たいこう》するセキュリティを、みんなで作《つく》るんだ。

「うんっ、そうだね！　ぼくもそれがいいと思《おも》う！」

「ぼくもです。力《ちから》をあわせて、ホエールイーターをたおしましょう！」

★★★

というわけで、村《むら》にもどったぼくたちは、さっそく行動開始《こうどうかいし》。

「夜《よる》になるまでに、大急《おおいそ》ぎでセキュリティを準備《じゅんび》しよう」

なにしろホエールイーターは夜行性《やこうせい》だから、昼間《ひるま》のうちはおそってはこないんです。

「でも、ぜんいちさん、セキュリティを作《つく》る材料《ざいりょう》はどうするんですか？」

そう聞《き》いてきたのは、カイトくん。

「村《むら》には何《なに》ものこっていないんです。ホエールイーターがぜんぶこわしちゃったので」

「だいじょうぶ。そんなこともあるかと思《おも》って、これを持《も》ってきたんだ」

ぼくが出《だ》したのは、ちょっと大《おお》きめの赤《あか》い箱《はこ》。

「この箱《はこ》で、いろんな素材《そざい》をたくさん持《も》ち運《はこ》ぶことができるんだ。ほら、見《み》て、木《き》とか石《いし》とか、それに鉄《てつ》まで、素材《そざい》がぎっしり入《はい》ってるでしょ？」

「さすがは心配性《しんぱいしょう》のぜんいちくん。用意《ようい》がいいね～」

ぼく、ほめられてるのかな？

「それじゃあ、作業《さぎょう》を開始《かいし》しよう。第一《だいいち》のセキュリティは、かくし爆弾《ばくだん》セキュリティだ」

ぼくは、マイッキーとカイトくんを砂浜《すなはま》へ連《つ》れていった。

「ぜんいちくん、かくし爆弾《ばくだん》セキュリティって、なぁに？」

「ホエールイーターは海《うみ》からおそってくる。つまり、まずここに上陸《じょうりく》する」

「うんうん」

「だから、この砂浜《すなはま》に大量《たいりょう》の爆弾《ばくだん》を設《せっ》置《ち》して、上陸《じょうりく》したところを攻撃《こうげき》するのさ」

「でも大量《たいりょう》の爆弾《ばくだん》を置《お》いたら、ホエールイーターにバレるよ！」

「だいじょうぶ。この爆弾《ばくだん》は砂《すな》の色《いろ》に

似《に》てるから、バレないよ」

「なるほど〜。いいアイデアだね！」

「それじゃあ、みんなでこのかくし爆弾《ばくだん》を、砂浜《すなはま》のあちこちにセットしよう」

「了解《りょうかい》〜」

そして、三十分後《さんじゅっぷんご》。

「見《み》て、見《み》て、ぜんいちくん！　砂浜《すなはま》じゅうに、爆弾《ばくだん》をしかけたよ！」

「これだけたくさんあれば、ホエールイーターをたおせますね！」

いや、マイッキーもカイトくんも、ちょっと考《かんが》えが甘《あま》いかな。

ホエールイーターは、皮《かわ》がかなり厚《あつ》いらしいからね。たおせない可能性《かのうせい》もあると思《おも》うんだ。

「だから念《ねん》には念《ねん》をいれて、村《むら》にもセキュリティを準備《じゅんび》しようよ」

「ぜんいちくんは本当《ほんとう》に心配性《しんぱいしょう》だね〜。でも、いいよ、作《つく》りましょう〜」

7 第《だい》二《に》・第《だい》三《さん》のセキュリティ

「ぜんいちくん。村《むら》の入《い》り口《ぐち》には、どんなセキュリティを作《つく》るの？」

「ズバリ、超強力《ちょうきょうりょく》TNT《ティーエヌティー》キャノンです！　TNT《ティーエヌティー》を利用《りよう》した強力《きょうりょく》な大砲《たいほう》だよ」

「なんだか、すごそうだね、それ」

でしょ？　いま作《つく》るから、見《み》てて。

まず、石《いし》を細長《ほそなが》いU《ユー》の字形《じけい》にならべます。

つぎに、そのうえに、TNT《ティーエヌティー》をつめたディスペンサーを二段重《にだんがさ》ねで設置《せっち》。

U《ユー》の字《じ》のすきまに水《みず》を入《い》れて、ふたをするように、またディスペンサーをのっける。

最後《さいご》に、粘着《ねんちゃく》ピストンとスイッチを設置《せっち》。

「はい、完成《かんせい》です！」

「うわぁ！　すごいね、ぜんいちくん。ほんとに大砲《たいほう》みたいだ！」

「みたい、じゃなくて、大砲《たいほう》だよ。ただし、発射《はっしゃ》するのは大砲《たいほう》の弾《たま》じゃなくて、大量《たいりょう》のＴＮＴ《ティーエヌティー》。かなり遠《とお》くまで飛《と》ばせるんだよ」

「それが命中《めいちゅう》したら、ホエールイーターも、ひとたまりもありませんね！」

「これを一人一台《ひとりいちだい》ほしいんだ。ふたりとも手伝《てつだ》ってくれる？」

「もちろん！」

★★★

というわけで、数分後《すうふんご》。

「**ようし！　超強力ＴＮＴ《ちょうきょうりょくティーエヌティー》キャノンが三台完成《さんだいかんせい》しました！**」

「やったね！　カイトくんも、ちゃんとお手伝《てつだ》いできて、えらかったよ！」

「はい！　だって、お父《とう》さんとお母《かあ》さんのかたきをうちたいですから！」

「だいじょうぶ。ぜんいちくんの秘密兵器《ひみつへいき》が三台《さんだい》もあるんだから、たおせるにきまってるじゃん！」

「あ、マイッキー。これは、ぼくの秘密兵器《ひみつへいき》じゃないんだ」

そうしたら、マイッキーもカイトくんも、目《め》をぱちぱち。

ふふふ、見《み》たら、きっと二人《ふたり》ともおどろくぞ。

「ジャジャーン！　これでーす！」

ぼくが秘密兵器《ひみつへいき》を出《だ》したとたん、マイッキーの目《め》が点《てん》になった。

って、もともとマイッキーの目《め》は、黒《くろ》い点《てん》みたいに小《ちい》さいんだけどね。

でも、マイッキー、よっぽどびっくりしたのか、口《くち》をあんぐり開《あ》けたまま、かたまってる。で、一分《いっぷん》ぐらいしたら、ようやく声《こえ》が出《で》たみたいで。

「こ、これ、ぼくじゃん!?　ちょっと赤《あか》いけど……」

「そう。超強力TNT《ちょうきょうりょくティーエヌティー》で作《つく》った、『マイッキー型超高性能爆弾《がたちょうこうせいのうばくだん》』です」

「ああ、赤《あか》いのはTNT《ティーエヌティー》の色《いろ》だったんだね」

「ホエールイーターにはね、生《い》き物《もの》を見《み》ると食《た》べようとする習性《しゅうせい》があるんだ。そこで爆弾《ばくだん》を生《い》き物《もの》の形《かたち》にして、ホエールイーターに食《た》べさせる。そして、このリモコンのボタンをおして、ドカン！」

「ぜんいちくん、ナイスアイディア！　さすがのホエールイーターも、おなかの中《なか》で高性能爆弾《こうせいのうばくだん》が爆発《ばくはつ》したら、こっぱみじんになるに決《き》まってるよ！」

「でも、ぜんいちさん。どうして、マイッキーさんの形《かたち》にしたんですか？」

おっ、カイトくん、いい質問《しつもん》だね。

「ホエールイーターをおびきよせるためだよ。ぼくの形《かたち》でもよかったんだけどね。カメをおそったあとが、たくさんあったから、ウサギよりカメを食《た》べたがるんじゃないかって」

「どうぞ、どうぞ～。ほんもののぼくが食《た》べられないかぎりは、いくらでも使《つか》ってくれて、かまわないよ～」

ふふふ、ありがとう、マイッキー。

「そうしたら、この爆弾《ばくだん》をセットするための、〝そこそこがんじょうな〟シェルターを作《つく》りましょう」

「〝そこそこがんじょう〟？　シェルターって〝避難小屋《ひなんごや》〟でしょ。それなら、〝超《ちょう》がんじょうな〟ほうがいいのに」

これはほんとうの避難小屋《ひなんごや》じゃなくて、〝おとり〟なんだ。

「ホエールイーターには、ぼくたちがシェルターの中《なか》にいると思《おも》わせるんだ。するとホエールイーターは、かならずシェルターをおそって、こわしにくる」

すると、こわれたシェルターから現《あらわ》れるのが、『マイッキー型超高性能《がたちょうこうせいのう》爆弾《ばくだん》』。

「ホエールイーターは、マイッキーとまちがえて、爆弾《ばくだん》を食《た》べるってわけだよ」

「おおお〜。なるほど〜」

というわけで、まず、ぼくは石《いし》をならべて、シェルターの土台《どだい》を作《つく》るよ。

「マイッキーとカイトくんは、土台《どだい》の上《うえ》に壁《かべ》を作《つく》ってくれる？」

「オッケ〜」

「まかせてください！」

そのあいだに、ぼくは、シェルターの中《なか》の土《つち》をほります。床《ゆか》を鉄《てつ》のブロックに変《か》えたいからね。

「ぜんいちくん、床《ゆか》のほうも手伝《てつだ》うよ！　壁《かべ》はもうできたから」

早《はや》っ。いくら二人《ふたり》がかりでも、早《はや》すぎない？

「それがね、カイトくん、ちびっ子《こ》なのに、すごく上手《じょうず》なの」

「ぼく、お父《とう》さんが家《いえ》の修理《しゅうり》をするのを、いつも手伝《てつだ》っていましたから」

そうなんだ……。って、いまは、しみじみしているひまはないぞ。

「よし、それじゃあ、表《おもて》の出入《でい》り口《ぐち》に鉄《てつ》のとびらを設置《せっち》しよう。さらに、裏口《うらぐち》には、ぼくたちの脱出口《だっしゅつぐち》を作《つく》るよ」

「でも、ぜんいちくん、脱出口《だっしゅつぐち》はホエールイーターにバレないようにしないといけないいんじゃやない？」

「そのとおり！　なので、かくしとびらを作《つく》ります」

ぼくは、シェルターの裏口《うらぐち》をかくしとびらでふさぐと、レバーを設置《せっち》。

「これをガチャッとひくと、ほら、壁《かべ》にしか見《み》えなかったところが、開《あ》くでしょ？」

「おー、いいね、いいね～。ホエールイーターをおびきよせたら、ぼくたちはここから走《はし》って逃《に》げるんだね」

「いや、走《はし》って逃《に》げるだけじゃ、まにあわないかもしれないな」

なにしろ、『マイッキー型超高性能爆弾《がたちょうこうせいのうばくだん》』の威力《いりょく》はすごいからね、かなり離《はな》れていないと爆発《ばくはつ》のまきぞえをくらうと思《おも》うんだ。

「なので、トロッコで逃《に》げられるようにしようと思《おも》います」

それには線路《せんろ》をしかないといけないね。

シェルターの裏口《うらぐち》から、そうだな、崖《がけ》の上《うえ》まで線路《せんろ》をのばそうかな。

「いいね～！　カイトくん、いっしょに線路《せんろ》をしこうよ！」

「はい、がんばりましょう！」

おお、みんなで力《ちから》をあわせると、どんどん作業《さぎょう》が進《すす》んで行《い》くね。

「ぜんいちくん、崖《がけ》はどうやってのぼるの？」

「崖《がけ》をけずって、階段《かいだん》みたいにしよう。ぼくが掘《ほ》るから、マイッキーとカイトくんは、そのあとに線路《せんろ》をしいてくれる？」

「まかせて～！」

それじゃあ、掘《ほ》るぞ～。

ガシガシ！　ガシガシ！

「マイッキーさん、線路《せんろ》をもってきました」

「ありがとう～。それじゃあ、ぼくがしくよ。よいしょっと」

ガシガシ！　よいしょ！　ガシガシ！　よいしょ！

「ようしっ！　ついに崖《がけ》のてっぺんに到着《とうちゃく》したぞ！」

「うわぁ、高《たか》いですね！　村《むら》も砂浜《すなはま》も、海《うみ》まで見《み》わたせますよ！」

「ぜんいちくん、これだけ離《はな》れていたら、マイッキー型超高性能爆弾《がたちょうこうせいのうばくだん》の爆《ばく》発《はつ》にまきこまれることはないでしょ」

「そうだね。よし、ホエールイーターが動《うご》きだす夜《よる》まで、砂浜《すなはま》で待機《たいき》だ」

8

決戦《けっせん》は始《はじ》まった

「ぜんいちくん、夜《よる》になったね」

「うん！　そろそろホエールイーターが来《く》るころかも」

「それにしては、すごい静《しず》かですね」

「ほんと。海《うみ》も砂浜《すなはま》もいつもと少《すこ》しもかわりがないよ。ぜんいちくん、今《こん》夜《や》はホエールイーター来《こ》ないんじゃない？」

「いやマイッキー、油断《ゆだん》をしちゃだめだよ。ぜったいに来《く》るはずだから！」

「そうかなぁ。とてもそうは思《おも》えないんだけどねぇ」

マイッキーが首《くび》をかしげたとき、カイトくんが、あっと声《こえ》をあげた。

「海《うみ》を見《み》てください！」

「海《うみ》？　あっ！」

なんと、暗《くら》い海《うみ》の上《うえ》に、山《やま》のように大《おお》きな、まっ赤《か》な生《い》き物《もの》がいたんだ。

「ホエールイーターだ！　ついに来《き》たんだよ！」

「こっちにむかってる！　やっぱりぼくたちをねらってるんだ！」

マイッキーが、ひきつった声《こえ》をあげた。

「だいじょうぶ、そのためにセキュリティを作《つく》ったんだから」

まずはかくし爆弾《ばくだん》セキュリティ。ホエールイーターは上陸《じょうりく》したところで、砂浜《すなはま》に大量《たいりょう》に設置《せっち》した爆弾《ばくだん》をふんで、ふっとばされるはずさ。

「おねがい、かくし爆弾《ばくだん》セキュリティ、がんばって！」

マイッキーがいのってる。その気持《きも》ち、ぼくもわかるよ。

だって、ホエールイーター、思《おも》っていた以上《いじょう》に大《おお》きいんだ。うまくいくかどうか、心配《しんぱい》になってきた……。

ズリズリズリズリ！

「来《き》た！　海《うみ》から砂浜《すなはま》に上《あ》がってきたぞ！」

ズドーン！　ズドン、ズドン、ズドーン！

「ぜんいちくん、かくし爆弾《ばくだん》セキュリティが起動《きどう》したみたいだよ」

ズドン、ズドン、ズドン、ズドーン！

「問題《もんだい》は、ホエールイーターがダメージを受《う》けているかどうかだね」

ズドン、ズドン、ズドン、ズドーン！

「でも、ぜんいちさん、ホエールイーターは、どんどん近《ちか》づいてますよ」

あ、カイトくんのいうとおりだ。ホ

エールイーターはかくし爆弾《ばくだん》セキュリティを突破《とっぱ》しようとしてる。

「ホエールイーターをたおすには、爆弾《ばくだん》の爆発力《ばくはつりょく》がたりなかったみたいだ」

「そんな！　だって、ぜんいちくん、爆弾《ばくだん》はちゃんと爆発《ばくはつ》してるよ？」

「でも、ホエールイーターの体《からだ》は、それ以上《いじょう》にかたかったんだよ」

ズリズリズリズリ！　ズリズリズリズリ！

「ぜんいちさん！　ホエールイーターが、こっちにやってきます！」

「うん、これ以上《いじょう》、ここにいるのはキケンだな」

ぼくは、みんなに村《むら》の入《い》り口《ぐち》まで、さがるようにいった。

でも、あきらめるんじゃない。

あそこにはTNT《ティーエヌティー》キャノンがある。それも一人《ひとり》に一台《いちだい》ずつ。

三人《さんにん》で総攻撃《そうこうげき》だ！

9 ホエールイーターが強《つよ》すぎる……

「マイッキー、カイトくん、配置《はいち》について！」

「了解《りょうかい》！」

マイッキーとカイトくんが、それぞれ、TNT《ティーエヌティー》キャノンにむかっていく。

「マイッキー、準備完了《じゅんびかんりょう》！」

「カイトも、準備完了《じゅんびかんりょう》です！」

「それじゃあ、ホエールイーターにねらいをつけて。でも、まだ撃《う》っちゃだめだよ。ぼくの合図《あいず》で一斉《いっせい》に撃《う》つんだ」

カイトくんが、TNT《ティーエヌティー》キャノンのスイッチに手《て》をのばしながら、つぶやくのが聞《き》こえた。

「**ぜったいにたおしてやる！　お父《とう》さんとお母《かあ》さんのかたきをうつんだ！**」

続《つづ》けて、マイッキーがつぶやくのも聞《き》こえてきた。

「砂浜《すなはま》で食《た》べられちゃったカメさんたちのかたきは、ぼくがうつ！」

「よし、撃《う》て！」

ダダーン！

三台《さんだい》のＴＮＴ《ティーエヌティー》キャノンが一斉《いっせい》に火《ひ》を吹《ふ》くと、地面《じめん》がゆれた。

「やったぁ、命中《めいちゅう》したよ、ぜんいちくん！」

「どうですか、ホエールイーターにダメージはありますか？」

いや、まだ、はげしく動《うご》いているな。よし、続《つづ》けて攻撃《こうげき》だ。

「みんな、撃《う》て！」

ダダーン！

「もう一回《いっかい》！　撃《う》て！」

ダダーン！

三回《さんかい》ともみごとに命中《めいちゅう》！

これなら、さすがのホエールイーターも……。

ヒューン……。ドドーン！

「うわぁ！」

え？　いまの悲鳴《ひめい》は、マイッキー？

「ぜんいちくん、たいへん！　ホエールイーターが墨《すみ》をはいて、ぼくのT《ティー》N《エヌ》T《ティー》キャノンを破壊《はかい》しちゃったよ！」

えええ？　なんだって？

タコの墨《すみ》がTNT《ティーエヌティー》キャノンを破壊《はかい》？　そ、そんなバカな……。

ヒューン……。ドドーン！

「ぜんいちさん！　ぼくのTNT《ティーエヌティー》キャノンも、やられました！」

カイトくんも？

そうか。タコは墨《すみ》をはくものだけど、ホエールイーターぐらい巨大《きょだい》だと、その墨《すみ》も爆弾《ばくだん》なみの威力《いりょく》があるんだ。

のこりはぼくのTNT《ティーエヌティー》キャノン一台《いちだい》。あきらめずに攻撃《こうげき》するぞ。

と、そこへタコの墨《すみ》が飛《と》んできて……。

ヒューン！　ドドーン！

ぼくのTNT《ティーエヌティー》キャノンもやられてしまった……。

「うそでしょぉ、ぜんいちきゅーん……」

ああ、TNT《ティーエヌティー》キャノンが通用《つうよう》しないなんて。

ホエールイーターの防御力《ぼうぎょりょく》をなめてたよ……。

「こうなったら秘密兵器《ひみつへいき》を使《つか》うしかない。みんな、シェルターへ急《いそ》ごう！」

「わかった！　カイトくん、あわてて逃《に》げこんだふりをしよう！」

そう、それがぼくたちの作戦《さくせん》。最後《さいご》の作戦《さくせん》だ！

10 ぜんいちの秘密兵器《ひみつへいき》は？

はぁ、はぁっ！

よしっ、シェルターに着《つ》いたぞ。まず、鉄《てつ》のとびらをしめてっと。

「ふぅ……。こわかったね、ぜんいちくん」

「うん……。ところで、外《そと》のようすはどうなんだろ」

ぼくが、鉄《てつ》のとびらのすきまから、外《そと》をのぞいてみたら。

ズリズリズリズリ！

な、な、なんだ、すぐ外《そと》にいるじゃないか！

ゴゴゴゴゴ！

「ぜんいちくん、ホエールイーターが、シェルターをゆらしてる！」

「マイッキーさん、気《き》をつけて。壁《かべ》のすきまから、ホエールイーターの足《あし》が！」

まずいな……。こんなに早《はや》く攻撃《こうげき》を受《う》けるとは思《おも》ってもいなかったよ……。

「こうなったら、トロッコで脱出《だっしゅつ》するしかないね」

「うん、それがいいよ、ぜんいちくん！」

よし、レバーをひいて、かくしとびらを開《あ》けよう。

ガラガラガラ！

つぎはトロッコを出《だ》して……。

「ぜんいちくん！　シェルターが攻撃《こうげき》を受《う》けて、いまにもこわれそうだよ！」

「うん、それじゃあ、まずは、マイッキーからトロッコに乗《の》って」

「わかった！　それじゃあ、お先《さき》に出発《しゅっぱつ》させてもらいまーす！」

ゴロゴロゴロ……。

「あ、あれ？　ぜんいちくん、トロッコが止《と》まっちゃったよ」

え？　どういうこと？

あ、線路《せんろ》がこわれてる！

ホエールイーターの爆弾《ばくだん》なみの墨《すみ》のかたまりが、線路《せんろ》に命中《めいちゅう》したんだ。

「まずいぞ。これじゃあ、ぼくたち、脱出《だっしゅつ》できないぞ……」

と、そのとき、後《うし》ろから、小《ちい》さな影《かげ》が走《はし》り出《で》た。

「あれ？　ぜんいちくん、見《み》て。カイトくんが線路《せんろ》を直《なお》してくれてるよ」

ほんとだ。カイトくん、予備《よび》の線路《せんろ》を持《も》っていたんだね。

おかげで線路《せんろ》はつながったみたい。でも……。

「カイトくん、線路《せんろ》だけ直《なお》しても、トロッコは動《うご》かせないんだよ。ホエールイーターの攻撃《こうげき》で、線路《せんろ》といっしょに電源《でんげん》も破壊《はかい》されたみたいだから」

すると、カイトくん、ちょっと考《かんが》えてから、こわれた電源装置《でんげんそうち》に近《ちか》づいた。

「これで、うまくいくんじゃないでしょうか」

「あれ？　どうして電源装置《でんげんそうち》にネックレスを置《お》いたの？」

マイッキーがびっくりしてるけど、ぼくだってびっくり。

でも、もっとおどろいたのは、電源装置《でんげんそうち》が復活《ふっかつ》したことで。

「ど、どうなってるの？」

わかったぞ。それ、金《きん》のネックレスじゃない？

金《きん》には電気《でんき》を通《とお》しやすい性質《せいしつ》があるんだ。電源装置《でんげんそうち》のこわれた部分《ぶぶん》に、金《きん》のネックレスを置《お》けば、電気《でんき》が通《つう》じたんじゃないかな。

「よかった！　トロッコが動《うご》けば、ぼくたちも逃《に》げられるね！　だけど……」

マイッキーがカイトくんをふりかえった。

「そのネックレス、お母《かあ》さんの形見《かたみ》なのに、使《つか》っちゃっていいの？」

「いいんです！」

カイトくんの声《こえ》は、びっくりするぐらい大《おお》きかった。

「みんなが助《たす》かるなら、お母《かあ》さんもよろこんでくれるはずです！」

あ、ありがとう、カイトくん……。

「よし、マイッキー。カイトくんとお母《かあ》さんの思《おも》いにこたえるためにも、いますぐ出発《しゅっぱつ》しよう！」

「うん！　カイトくん、ほんとうにありがとう！　それじゃあ、トロッコでゴー！」

ゴトゴトゴト！

マイッキーを乗《の》せたトロッコが、崖《がけ》

にむかって走《はし》りだした。

「よし、つぎはカイトくんだよ。乗《の》ったら、出発《しゅっぱつ》！」

ゴトゴトゴト！

そして、ぼくも……。

ズリズリズリ！

うわぁ、ホエールイーターが、すぐそこまでせまってる！

急《いそ》げ～！

ゴトゴトゴト！

線路《せんろ》を矢《や》のように走《はし》っていくトロッコ。その後《うし》ろでは……。

ズリズリズリ！　ミシミシミシ！

怒《いか》りで大暴《おおあば》れするホエールイーターに、シェルターはもう半分以上《はんぶんいじょう》、こわれかけている。

ほんと、とんでもない攻撃力《こうげきりょく》だよ！

でも、そのすきに、ぼくたちは逃《に》げることができるんだ。

ゴトゴトゴト！

トロッコはいよいよ崖《がけ》をのぼりはじめた。

「ぜんいちくん、急《いそ》いで！　カイトくんとぼくはもう着《つ》いたよ！」

うん、ぼくもあともう少《すこ》し！

ゴトゴトゴト！

やった、頂上《ちょうじょう》に着《つ》きました！

「よかった！　ぜんいちくん、ホエールイーターがどうなったか、見《み》てみようよ！」

ぼくたちは、崖《がけ》の上《うえ》へ急《いそ》いだ。すると……。

「ホエールイーターが、シェルターをすっぽり包《つつ》みこんでるぞ」

ドドドーン……。

「うわぁ、ついにシェルターが完全《かんぜん》に破壊《はかい》されちゃった！」

「でも、マイッキーさん、これは作戦通《さくせんどお》りですよ」

そう、カイトくんのいうとおり。

あとは、ホエールイーターが、マイッキー型超高性能爆弾《がたちょうこうせいのうばくだん》を食《た》べるかどうか……。

パクッ!

「**ぜんいちくん! ホエールイーターが、爆弾《ばくだん》をのみこんだよ!**」

よしっ! いまだ! リモコンの起爆装置《きばくそうち》のボタンをおそう!

ポチッ!

ズドドドーン!

「うわぁ、すごい大爆発《だいばくはつ》だ!」

「どうなったの? 煙《けむり》でなにも見《み》えないよ、ぜんいちくん!」

やがて、煙《けむり》が消《き》えた。

そして、目《め》の前《まえ》にあったのは、地面《じめん》にあいた、でっかい穴《あな》だけ。

「ぜんいちくん、ホエールイーターがどこにもいないよ」

「それは、ホエールイーターをやっつけたってことだよ！」

「そっか！　よかったぁ！　それにしても、たいへんだったねぇ」

うん。トロッコが動《うご》かなくなったときは、特《とく》にね。

あのとき、カイトくんが形見《かたみ》のネックレスを出《だ》してくれなかったら、マイッキーもぼくも、きっと死《し》んでたよ。

「カイトくん、ほんとうにありがとう！」

ところが、カイトくんは、なにもいわない。

ホエールイーターが消《き》えたあとを、じっと見《み》つめてる。そして……。

「あっ、お母《かあ》さんだ！　お父《とう》さんもいる！」

え？

「ぜんいちくん！　地面《じめん》にあいた穴《あな》から、村人《むらびと》さんたちが出《で》てくるよ！」

ほんとだ！

そうか！　村人《むらびと》さんたち、ホエールイーターに飲《の》みこまれただけだったんだ。

だからホエールイーターがこっぱみじんになって、外《そと》に出《で》られたんだね。

「よかったね、カイトくん！」

「ぜんいちさんとマイッキーさんのおかげです！　ほんとうにありがとうございました！」

「それはおたがいさまだよ。それより、早《はや》くお父《とう》さんとお母《かあ》さんのところへいっておいで」

「はいっ！」

ふふふ、カイトくん、はずむように崖《がけ》をかけおりていくよ。

「ぜんいちくん。これで、ひと安心《あんしん》だね！」

うん。……でもなぁ。なんだか、イヤな予感《よかん》がするんだよな。

ホエールイーターが一匹《いっぴき》だけとは、どうしても思《おも》えないんだ。

気《き》のせいだといいんだけど……。

〈そのころ、海底神殿《かいていしんでん》の下《した》の、ホエールイーターがすんでいた洞窟《どうくつ》で〉

ポコッ

赤《あか》い卵《たまご》からひとつ、赤《あか》ちゃんホエールイーターがかえった。
でも、卵《たまご》はひとつだけじゃなかった。
そのとなりにも。そのまたとなりにも、ホエールイーターの卵《たまご》はあった。
青《あお》いはずの海《うみ》が赤《あか》く見《み》えるほど、たくさんの卵《たまご》が洞窟《どうくつ》をうめている。

そのことを、ぜんいちも、マイッキーも、まだ知《し》らない……。

ダイヤモンドを大《たい》量《りょう》ゲットして大《だい》富《ふ》豪《ごう》になる!

ダイヤモンドを大《たい》量《りょう》ゲットして大《だい》富《ふ》豪《ごう》になる！

もくじ

1 ふたりは、めっちゃ貧《びん》ぼう……

こんにちは、ぜんいちです！

さっそくだけど、マイッキー、ぼくの頭《あたま》の上《うえ》を見《み》てくれない？

「頭《あたま》の上《うえ》？　あ、〈2〉っていう数字《すうじ》があるね。それ、なに？」

「ぼくが持《も》っているダイヤモンドの数《かず》です」

実《じっ》は、この世界《せかい》では、その人《ひと》が持《も》っているダイヤモンドの数《かず》が公開《こうかい》されてしまうんです。

「うそでしょ！　だって、ぼくの頭《あたま》の上《うえ》の数字《すうじ》は〈0〉だよ。ぼくがダイヤモンドを一《ひと》つも持《も》っていないことが、バレちゃうじゃん！」

そうです。ぼくも、ダイヤモンドを2個《こ》しか持《も》っていないことがバレバレなんです。

「つまり、マイッキー。いまのぼくたち、超貧《ちょうびん》ぼうってことなんだよ」

「くぅっ。泣《な》けてくる……」

「だから、今日《きょう》はふたりでダイヤモンドを集《あつ》めて、大金持《おおがねも》ちになろうよ」

「うん、なろう、なろう！　ようし、ぼく、あの人《ひと》におねがいしてみる！」

「あの人《ひと》？　あ、むこうから、歩《ある》いてくるおじさんのこと？」

「うん。だって、あの人《ひと》の頭《あたま》の上《うえ》に〈326〉って出《で》ているよ！」

「うわっ、すごいお金持《かねも》ちじゃないか！」

「そう。あんなにたくさんダイヤモンドを持《も》ってるなら、少《すこ》しわけてくれるかもしれないでしょ。だから、ちょっとお願《ねが》いしてみようかなって」

え？　いや、それは、やめたほうが……。

「すいませーん！　あなた、いっぱいダイヤモンドを持《も》ってますね。少《すこ》しわけてくれませんか？」

うわ、なんてストレートなたのみかた……。

おじさんも、びっくりしてる。でも、マイッキーはぜんぜん平気《へいき》な顔《かお》。

「ごらんのとおり、ぼく、ダイヤモンドをひとつも持《も》っていないんです。みじめなカメなんですよ〜」

マイッキーにぐいぐいせまられて、おじさんは、ずるずるとあとずさり。

「だからどうか、ダイヤモンドをください！　お願《ねが》いしますっ」

ところが塀《へい》まで追《お》いつめられたところで、おじさんの顔色《かおいろ》が変《か》わって。

ポカッ！

「イテテテ！　ど、どうして、ぶつんですか！」

ポカッ！　ポカポカポカッ！

「うわぁ！　痛《いた》いよ、痛《いた》いよ！」

たいへん、マイッキーがおじさんに攻撃《こうげき》されてる！

「マイッキー、逃《に》げて！　早《はや》くこっちへ！」

「う、うん……」

マイッキー、半《はん》べそをかきながら、走《はし》ってきた。

「な、なんなの、あの人《ひと》。ひとつもダイヤモンドをくれないなんて、ひどいよ……」

「うーん。でも、マイッキーも悪《わる》いと思《おも》うよ」

知《し》らない人《ひと》から、いきなり「ダイヤをください」っていわれたら、ふつうは逃《に》げるでしょ。

「でも、ダイヤモンドをひとつも持《も》ってないなんて、ぼく悲《かな》しいよ……」

「だったら、ぼくのダイヤモンドをひとつ、あげるよ」

「え？　ほんとにいいの？　ああ、ぜんいちくんって、なんてやさしいの！　泣《な》けてくるよ〜」

ところが、マイッキー、頭《あたま》の上《うえ》を見《み》ると、すぐににっこり。

「あ！　数字《すうじ》が〈0〉から〈1〉に変《か》わってる！　うれしい〜！」

「よかったね！」

とはいえ、マイッキーもぼくもダイヤモンドの数《かず》はただの〈1〉。

〝ダイヤモンドを大量《たいりょう》ゲットして大富豪《だいふごう》になる！〟への道《みち》は遠《とお》いなぁ。

「ぜんいちくん、どうすればダイヤモンドを増《ふ》やせるんだろ」

「それはかんたんだよ。お店《みせ》を開《ひら》けばいいんだよ」

お店《みせ》を開《ひら》いて、ビジネスをするんだ。

「おお〜！　いいね！　さっそくお店《みせ》を作《つく》ろうよ！　いっぱいお客《きゃく》さんを呼《よ》んで、ぜったいお金持《かねも》ちになるぞ！」

2 なに屋《や》さんがもうかる？

はい、あれから三日《みっか》たって、ぼくのお店《みせ》ができました！
カウンターに、ガラスのふたがついた冷凍庫《れいとうこ》が六《むっ》つ。なんのお店《みせ》かわかります？

そうです、アイスクリーム屋《や》さんです。
実《じつ》はこの村《むら》に、アイスクリーム屋《や》さんはなかったんだよね。
だから、ビジネスチャンスがあると思《おも》ったわけ。
ところで、マイッキーはなんのお店《みせ》を開《ひら》くんだろ。
すぐとなりで、お店《みせ》の準備《じゅんび》をしているんだけど。
「ぜんいちくん、ぼくも、ぜったいもうかるお店《みせ》を開《ひら》いたよ」
あ、建物《たてもの》はすてきだね。南《みなみ》の島《しま》のリゾートにありそうな感《かん》じ。

「わかった！　くだもの屋《や》さんでしょ。それとも、ジュース屋《や》さんかも」

「ブー！　ぜんいちくん、はずれ。ぼくが開《ひら》くのはね……」

マイッキー、目《め》がキラン！

「ずばり、草屋《くさや》さんです！」

は？

「ぼく、草《くさ》を食《た》べるのが大好《だいす》きなの。だから、そこらへんにある草《くさ》をたくさん集《あつ》めてきたんだよ」

は？

「お味《あじ》のほうはどうかな～？」

うみゃうみゃうみゃ！　うみゃうみゃうみゃ！

「おいしーい！　これは売《う》れるよ、ぜんいちきゅん！」

うーん……。まあ、マイッキーはカメだから、草《くさ》が好《す》きなんだろうけど。

でも村人《むらびと》さんたちが草《くさ》を食《た》べるのか、ちょっと心配《しんぱい》……。

「まあ、見《み》てなって。ぼく、ぜんいちくんより、もうけてみせるから！」
それから一時間後《いちじかんご》。
ドドドドドド！
うわぁ、村人《むらびと》さんたちがたくさん集《あつ》まってきたぞ。
ぼくたちのお店《みせ》のことを、耳《みみ》にしたみたい。
さあ、どっちのお店《みせ》がもうかるかな？

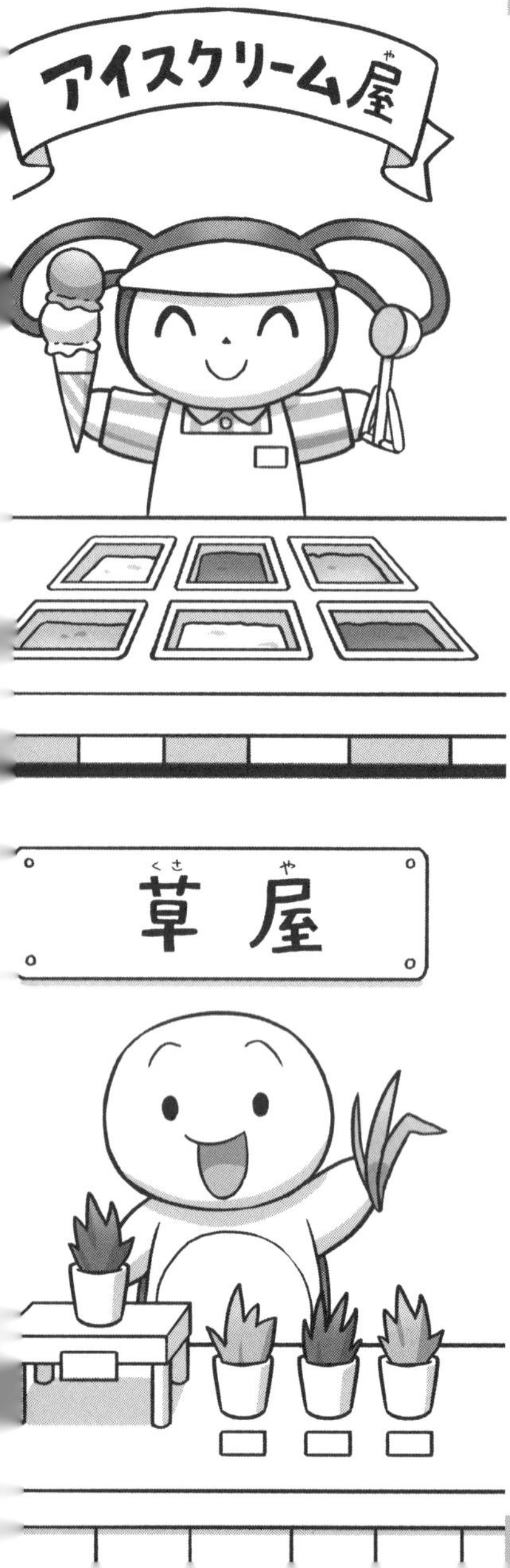

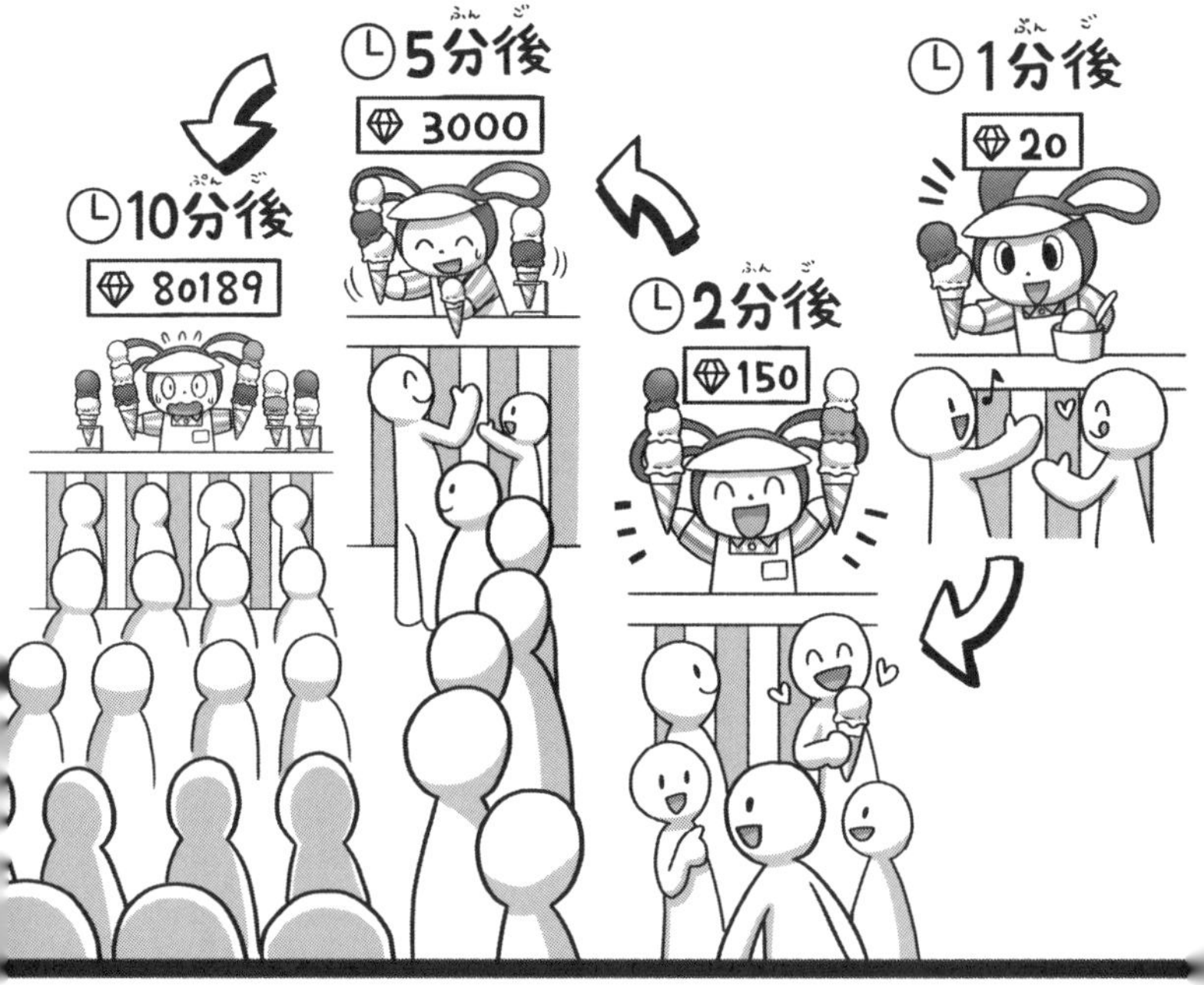

1分《ぷん》後《ご》
20
2分《ふん》後《ご》
150
5分《ふん》後《ご》
3000
10分《ぷん》後《ご》
80189

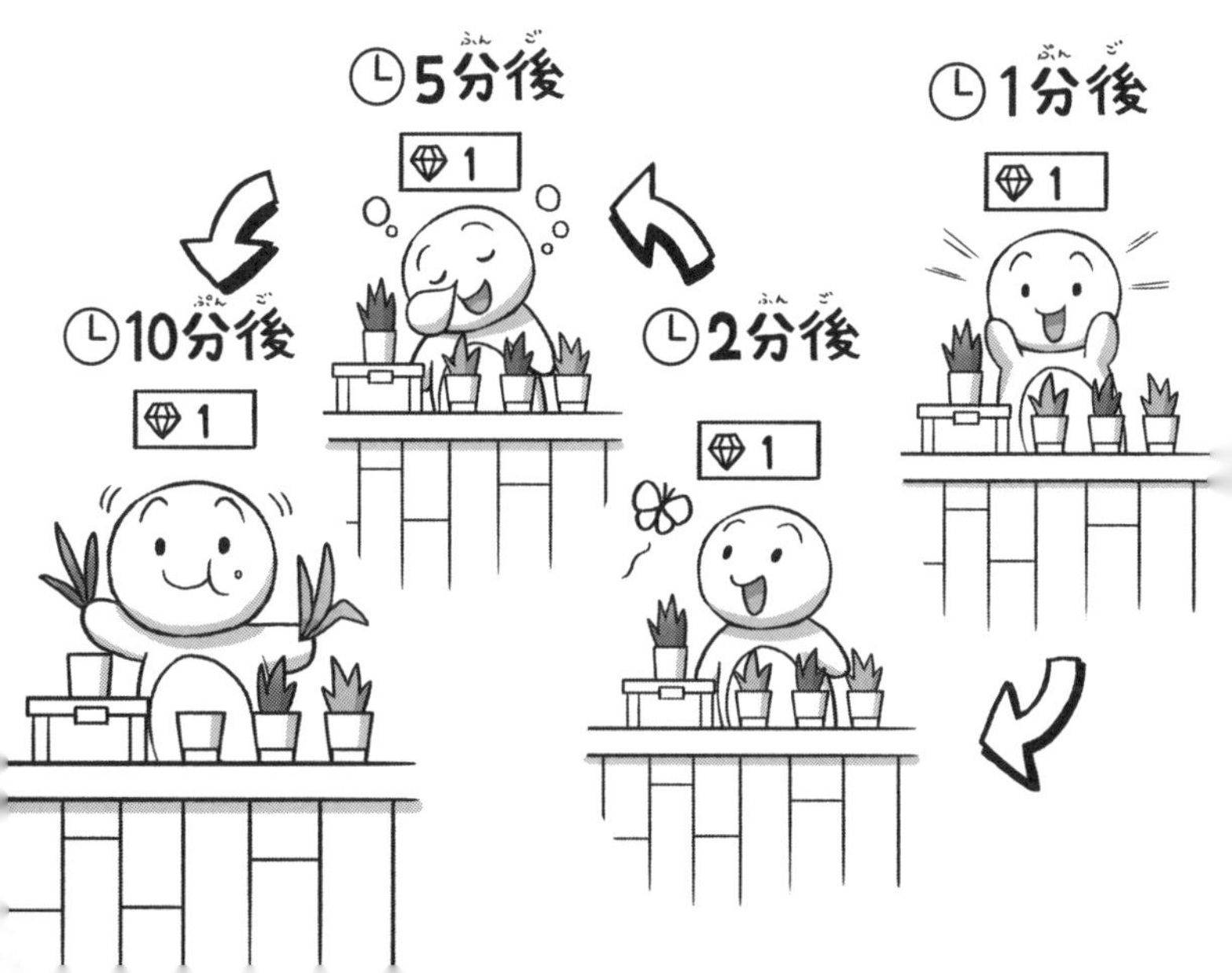

1分《ぷん》後《ご》
1
2分《ふん》後《ご》
1
5分《ふん》後《ご》
1
10分《ぷん》後《ご》
1

「す、すごい！　ぜんいちくんがかせいだダイヤモンド、八万《はちまん》をこえてる！」

正確《せいかく》にいうと、八万百八十九《はちまんひゃくはちじゅうきゅう》ダイヤモンドです。

「いやあ、たった一日《いちにち》で、こんなにかせげるとは思《おも》ってなかったよ。この調子《ちょうし》で、明日《あした》もがんばろう！」

「ぜんいちくんは、もうじゅうぶんかせいだから、がんばる必要《ひつよう》なんてないでしょ」

「そんなことはないよ、マイッキー。あの丘《おか》の上《うえ》を見《み》てごらん」

そこには、お城《しろ》みたいに大《おお》きくて、まっ白《しろ》な大豪邸《だいごうてい》がそびえたっていた。

「あそこに住《す》んでいる人《ひと》はね、一千億《いっせんおく》ダイヤモンド以上《いじょう》も持《も》ってるんだ」

まあ、なんでそんなに金持《かねも》ちなのかっていうと、いろいろと悪《わる》いことをしているからだっていう、うわさはあるんだけどね。

「ひえっ〜！　一千億《いっせんおく》ダイヤモンド!?　上《うえ》には上《うえ》がいるんだねぇ」

そういうこと。だから八万《はちまん》ダイヤモンドぐらいで安心《あんしん》していちゃいけないんだ。

「だからマイッキー、明日《あした》またがんばれるように、今日《きょう》はゆっくり休《やす》みましょう」

「そうだね。ようし、ぼくも明日《あした》からまたがんばるぞ！」

「うん、その調子《ちょうし》、その調子《ちょうし》！」

やる気《き》をとりもどしたマイッキー、夕暮《ゆうぐ》れの村《むら》を、元気《げんき》よく歩《ある》いていく。

と、そのとき、家《いえ》のかげから、ぬっとあやしい影《かげ》が飛《と》びだしてきた。

「え？　だ、だれ？」

思《おも》わず立《た》ちどまるマイッキー。すると、あやしい人影《ひとかげ》は、持《も》っていた棒《ぼう》で、マイッキーを**ポカリ**。

「イテテテ！　な、なにをするの！」

た、たいへんだ、あれは強盗《ごうとう》だよ！

「マイッキー、逃《に》げて！　そいつは強盗《ごうとう》だよ！」

ポカッ！

「うわぁ、やめて～」

ポカッ、ポカッ、ポカッ！

あっ、マイッキーのパワーがゼロになった！

マイッキーがやられちゃったよ。

って、強盗《ごうとう》のやつ、こんどはぼくのほうにむかってくる。

ポカッ、ポカッ、ポカッ！

痛《いた》い、痛《いた》い、痛《いた》い！

ああ、目《め》の前《まえ》がまっ暗《くら》になってきた……。

3 強盗《ごうとう》が大富豪《だいふごう》をねらってる！

その夜《よる》。

ひどい目《め》にあったぼくたちは、なんとか家《いえ》までたどりついたんだけど。

「ああ、なんてことだ。せっかく八万《はちまん》ダイヤモンドもかせいだのに、強盗《ごうとう》にすべて、うばわれちゃったよ……」

いま、ぼくの頭《あたま》の上《うえ》の数字《すうじ》は〈0〉。

「ぼくも、ぜんいちくんにもらった大切《たいせつ》なダイヤモンドをとられて、〈0〉になっちゃった……。悲《かな》しい……。ウェーン……」

マイッキーが泣《な》いてる。ぼくも泣《な》きたい気分《きぶん》です。

「でも、マイッキー、泣《な》いていても、しかたないよ。またがんばってかせごう」

「うん……。そ、そうだね……」

というわけで、つぎの日《ひ》。

ようし、気《き》をとりなおして、お店《みせ》を開《ひら》きましょう。

今日《きょう》はね、ケーキ屋《や》さんで、もうけようと思《おも》ってます。

「おはよう、マイッキー。マイッキーは何《なん》のお店《みせ》を開《ひら》くの？」

「おはよう、ぜんいちくん。ぼくは、昨日《きのう》の失敗《しっぱい》を反省《はんせい》して、みんながほしがるものを売《う》ることにしたよ」

「うん、それはいいね！　で、みんながほしがるものって？」

「じゃじゃーん！　キノコ屋《や》さんです！」

キノコ？　あ、かごの中《なか》に入《はい》っているのは、キノコか。

「キノコは森《もり》にたくさんあるから、ただで手《て》に入《はい》るでしょ。だから、売《う》れば売《う》るほど、もうかるってわけ。ぼくって、頭《あたま》いいでしょ？」

まあ、それはそうだけど……。

「でも、マイッキー。かごのなかには、毒《どく》キノコも混《ま》じってない？　この赤《あか》くて、大《おお》きいキノコのことだけど」

「え？　そうなの？」

「そうだよ。赤《あか》いキノコのかさに、白《しろ》く〈TNT《ティーエヌティー》〉っていう模様《もよう》が入《はい》っているでしょ。これは爆弾《ばくだん》キノコだよ！」

TNT《ティーエヌティー》キノコは、料理《りょうり》に混《ま》ぜておくと爆弾《ばくだん》になるという、とってもキケンなキノコなんだ。

「ひぇっ！　あぶない、あぶない！　そんなキケンなものを、お客《きゃく》さんに売《う》るわけにはいかないよね！」

マイッキーは、あわてて、かごから、TNT《ティーエヌティー》キノコをとりだした。

「これで安全《あんぜん》だね。ぜんいちくん、教《おし》えてくれてありがとう」

「うん、こんどはだいじょうぶそうだね」

「ようし、気《き》を取《と》りなおして、がんばるぞ。ダイヤモンドを大量《たいりょう》にゲットして、ぼくも、あの丘《おか》の上《うえ》みたいな大豪邸《だいごうてい》を建《た》てるんだから！」

うん、ぼくもいつか、あんな大富豪《だいふごう》になりたいと……。

あれ？　あのお屋敷《やしき》の玄関《げんかん》に向《む》かっていく人《ひと》、どこかで見《み》たような……。

「あっ、マイッキー！　あの人《ひと》、昨日《きのう》の強盗《ごうとう》じゃない？」

「ほんとだ。体《からだ》つきとか、歩《ある》き方《かた》とか、似《に》てるかも。それに、なんだか、あたりをきょろきょろして、動《うご》きがあやしいね」

「しかも、あの人《ひと》、大富豪《だいふごう》の家《いえ》に入《はい》っていくよ！」

「ぜんいちくん、それ、強盗《ごうとう》が大富豪《だいふごう》からお金《かね》を盗《ぬす》もうとしているんじゃない？」

だとしたら、大変《たいへん》だ！

「マイッキー、強盗《ごうとう》を追《お》いかけよう。ただし、強盗《ごうとう》にバレないように」

「オッケー！」

ぼくたちは、大富豪《だいふごう》の豪邸《ごうてい》に走《はし》っていった。そして、玄関《げんかん》を開《あ》けようとしたんだけど。

「マイッキー、だめだ。カギがかかっているみたいだよ」

「え？　それ、おかしくない？　強盗《ごうとう》はふつうに入《はい》れたんだよ？」

そうだよね。となると、ますますあやしいな。

「マイッキー、こうなったら、ほかに中《なか》に入《はい》る方法《ほうほう》をさがしましょう」

ぼくは、マイッキーを連《つ》れて、大豪邸《だいごうてい》のまわりを歩《ある》いてみた。

だけど……。

「ぜんいちくん、どこも、がんじょうなセキュリティがほどこされていて、入《はい》れそうなところはないね」

うーん……。どこかないかなぁ……。あれ？

「マイッキー、あそこになにかあるぞ！」

ぼくが指《ゆび》さしたのは、玄関《げんかん》とはちょうど反対《はんたい》がわの、崖《がけ》の上《うえ》。

「あれ、とびらじゃないかな？　あそこから中《なか》に入《はい》れるかも」

「じゃあ、行《い》ってみようよ。このままほうっておいたら、強盗《ごうとう》が何《なに》をするか、わからないもの」

ぼくたちは、大急《おおいそ》ぎで、崖《がけ》の下《した》まで走《はし》った。

「マイッキー、崖《がけ》に、つたのつるがからまってるぞ。これを使《つか》って、上《うえ》までのぼれそうだよ」

「ほんとだ！　ようし、登《のぼ》ろう！」

ほいっ、ほいっ、ほいっと。

「おお、けっこうかんたんに崖《がけ》の上《うえ》まであがれたね、マイッキー」

「ぼくたち、いままで、いろんなアスレチックのセキュリティを突破《とっぱ》してきたんだもの。こんなの、かんたんだよ」

フフフ、マイッキー、たのもしいね。

さて、と。下《した》から入《い》り口《ぐち》みたいに見《み》えたものは……。うん、あれだね。

「あっ、マイッキー、これ、通気口《つうきこう》だ」

通気口《つうきこう》は、建物《たてもの》のなかと外《そと》をつないで、空気《くうき》をいれかえるもの。

ふつうはせまい管《くだ》だけど、ここはお城《しろ》なみの大豪邸《だいごうてい》だから、通気口《つうきこう》もビッグサイズかもしれない。

「もしかしたら、ここから中《なか》へ入《はい》れるかもしれないぞ。とりあえず、通気《つうき》口《こう》を開《あ》けてみよう」

ガチャ。

「思《おも》ったとおりだよ、マイッキー。この通気口《つうきこう》、ぼくたちが立《た》ったまま歩《ある》けるくらい大《おお》きいぞ！」

「ようし、中《なか》へ入《はい》ろうよ！」

4 大富豪《だいふごう》の正体《しょうたい》は……

ぼくたちは、通気口《つうきこう》のなかを、ずんずん歩《ある》いていった。

廊下《ろうか》じゃないから、明《あ》かりもない。

それに、右《みぎ》へ曲《ま》がったり、左《ひだり》へ曲《ま》がったり。と思《おも》ったら、上《あ》がったり、下《さ》がったり。

「ぜんいちくん、ぼくたち、どこへむかっているんだろう」

うーん。家《いえ》の中《なか》を進《すす》んでいることだけは、まちがいないんだけどね。

「とにかく、強盗《ごうとう》がなにか悪《わる》さをするまえに、大富豪《だいふごう》に知《し》らせないと」

「うん、そうだね。……あれっ？」

「どうしたの、マイッキー？　急《きゅう》に止《と》まったりして。あっ……」

マイッキーの足《あし》もとにあったのは、大《おお》きな換気口《かんきこう》だった。

空気《くうき》を通《とお》す編《あ》み目《め》のあいだから、大《おお》きな部屋《へや》を見《み》おろせる。

つまり、ぼくたちは天井裏《てんじょううら》にいるってこと。

「ぜんいちくん、下《した》の部屋《へや》、広《ひろ》いうえに、めちゃめちゃ豪華《ごうか》じゃない？」

たしかに。部屋中《へやじゅう》、ふかふかのじゅうたんにおおわれていて、いかにも高《たか》そうなソファアセットや、巨大《きょだい》な木《き》のデスクも置《お》いてある。

デスクにはおいしそうな料理《りょうり》がずらり。その前《まえ》で、黒《くろ》のサングラスに金《きん》のネックレスをじゃらつかせた男《おとこ》の人《ひと》がふんぞりかえってる。

「**マイッキー、あの人《ひと》、大富豪《だいふごう》だよ。つまり、ぼくたちはいま、大富豪《だいふごう》のオフィスの真上《まうえ》にいるんだよ**」

「それじゃあ、まだ強盗《ごうとう》におそわれていないってことだね。よかった！」

うん。あとは、あの人《ひと》に、強盗《ごうとう》がこの屋敷《やしき》に侵入《しんにゅう》していることを知《し》らせれば……。

ガチャッ。

あれ？　オフィスのドアが開《あ》いた音《おと》だぞ。

だれかが入《はい》ってきたみたい……。って、えええ！

タッタッタッ。

「マイッキー！　強盗《ごうとう》が大富豪《だいふごう》のオフィスに入《はい》ってきたぞ！」

「たいへんだ！　ぜんいちくん、大富豪《だいふごう》を助《たす》けに行《い》かないと！」

「……いや、ちょっとまって。なんだか、ようすが変《へん》だぞ」

だって、強盗《ごうとう》と大富豪《だいふごう》、ふつうに会話《かいわ》をしているもの。いや、会話《かいわ》というより、強盗《ごうとう》は大富豪《だいふごう》に、なにか報告《ほうこく》をしているみたい……。

ガラガラガラガラ！

えええ？　強盗《ごうとう》がダイヤモンドを、大富豪《だいふごう》のデスクにならべてる！

しかも、それを大富豪《だいふごう》は自分《じぶん》のデスクの中《なか》に、しまいこんでる！

『ウサギから八万《はちまん》ダイヤ、カメから一《いち》ダイヤか。明日《あした》は、もっとたくさんのダイヤモンドを奪《うば》ってこい。さもないと痛《いた》い目《め》にあわせるからな』

『は、はい……。がんばります……』

強盗《ごうとう》は逃《に》げるように部屋《へや》を出《で》ていく。

『ワッハッハッハ！　大金持《おおがねも》ちになるのは、かんたんだな！』

「あれ？　ぜんいちくん、大富豪《だいふごう》のいってること、なんかおかしくない？」

「いってることだけじゃない。あの姿《すがた》を見《み》てごらんよ！」

デスクの前《まえ》でのけぞっていたのは、なんと巨大《きょだい》なガマガエル！

ぎょろりとした目《め》、大《おお》きな口《くち》からのぞく、ぬめぬめした舌《した》。手《て》も足《あし》もおなかも風船《ふうせん》みたいにふくらんだ、まさに怪物《かいぶつ》……。

「それじゃあ、ぜんいちくん、強盗《ごうとう》はあの怪物《かいぶつ》におどされて、ぼくたちのダイヤモンドを奪《うば》ったってこと？」

「**うん。大富豪《だいふごう》だと思《おも》ったのは、村人《むらびと》たちからダイヤモンドをまきあげる、怪物《かいぶつ》だったんだよ**」

「うぎゃあ～！　そ、それで、どうする？」

「決《き》まってます。あいつをたおして、ダイヤモンドをとりかえすんです」

「でも相手《あいて》は怪物《かいぶつ》だよ。勝《か》てるわけないよ、ぜんいちくん」

「勝《か》てるさ。マイッキー、いま持《も》っているものを使《つか》えばね」

マイッキー、首《くび》をかしげてる。でも、すぐに顔《かお》がぱっと輝《かがや》いて。

「わかった！　さっき、かごからとりのぞいた爆弾《ばくだん》キノコだね！」

「**そういうこと！　TNT《ティーエヌティー》キノコを使《つか》って、怪物《かいぶつ》をやっつけようよ！**」

「でも、いったい、どうやって？」

「あれを利用《りよう》するんだよ」

ぼくが指《ゆび》さしたのは、デスクの上《うえ》。

みんなは、ぼくがどんな作戦《さくせん》を考《かんが》えたか、わかるかな？

5 マイッキーのミッション！

それからしばらく、ぼくたちは換気口《かんきこう》から、巨大《きょだい》ガマガエルのようすを見《み》はっていた。すると……。

「ああ、なんか、おなかが痛《いた》くなってきた。トイレに行《い》ってこよう」

やった！　怪物《かいぶつ》がオフィスを出《で》ていったぞ。これは大《だい》チャンス！

「マイッキー、作戦開始《さくせんかいし》します！」

「うん、わかった！」

ぼくたちは、換気口《かんきこう》のふたをずらすと、ひょいっと下《した》に飛《と》びおりた。

そして、大富豪《だいふごう》のデスクにダッシュ。

「よし、マイッキー。デスクの上《うえ》の料理《りょうり》に、TNT《ティーエヌティー》キノコを混《ま》ぜるんだ」

「オッケ〜！」

どう？　ぼくの考《かんが》えた作戦《さくせん》、わかった？　そうです。TNT《ティーエヌティー》キノコを怪物《かいぶつ》に食《た》べさせるんです。そうしたら、おなかの中《なか》でドッカーンってわけ！

ところが、マイッキー、料理《りょうり》の前《まえ》でかたまってる。

「ぜんいちくん、これ、バレるよ。TNT《ティーエヌティー》キノコって、まっ赤《か》だもの」

いわれてみれば、めちゃめちゃ目立《めだ》つね。

「ハムやレタスの下《した》にかくすのはどう？」

すると、マイッキーも、にっこり。

「いいこと考《かんが》えた！　トマトの下《した》にかくすの。どっちも赤《あか》いから、ぱっと見《み》ただけじゃわからないでしょ〜」

「うん。でもマイッキー、急《いそ》いで。怪物《かいぶつ》がいつもどってくるかわからないから」

すると、マイッキーは、動画《どうが》の早送《はやおく》りみたいに動《うご》きだした。

「急《いそ》ごう、急《いそ》ごう、キノコを○×※□△……」

うわっ、しゃべり言葉《ことば》も三倍速《さんばいそく》になってる。でも、そのおかげで……。

「ぜんいちくん、TNT《ティーエヌティー》キノコをぜんぶ料理《りょうり》に混《ま》ぜたよ！」

「よし！　それじゃあ、マイッキー、いますぐ天井裏《てんじょううら》へもどろう！」

「うん、もどろう、もどろう！」

ぼくたちは天井裏《てんじょううら》へジャンプ！　そして、換気口《かんきこう》のふたをもとにもどしたところで。

「ふぅ、すっきりしたぜ」

怪物《かいぶつ》がオフィスに帰《かえ》ってきた。

ギリギリセーフ！　いやあ、危《あぶ》なかったね。

「すっきりしたら、おなかがすいてきたな。お昼《ひる》ごはんを食《た》べるか」

大富豪《だいふごう》のやつ、フォークを手《て》にお皿《さら》をのぞきこんだ。

「ん？　なんだ、この赤《あか》いのは？」

ま、まさか、ＴＮＴ《ティーエヌティー》キノコの存在《そんざい》がばれちゃったんじゃ……。

大富豪《だいふごう》は、お皿《さら》を見《み》つめたまま、ぴくりとも動《うご》かない。

お願《ねが》いです。どうかキノコに気《き》づかないでください……。

「あ、これ、トマトのサラダか！　うまそうじゃん！」

ほっ、よかった……。

「ぜんいちくん、怪物《かいぶつ》が、フォークで料理《りょうり》をまぜまぜしはじめたよ」

たのむ……。そのままＴＮＴ《ティーエヌティー》キノコを食《た》べてくれ……。

パクッ。

「おっ、なかなかうまいじゃないか」

やった！　食《た》べてる！　よし、もっと食《た》べてくれ。もうひとくち……。

パクッ。パク、パク、パクッ。

怪物《かいぶつ》が、よくかみもせず、ＴＮＴ《ティーエヌティー》キノコ入《い》りの料理《りょうり》をのみこんでいくと。

ズズズズ……。

『ん？　なんだ？　おなかの中《なか》から音《おと》がするぞ』

「き、来《き》た！　マイッキー、爆発《ばくはつ》するぞ！」

ズズズズ……。

『なんだ、なんだ？　どうしておれの体《からだ》がゆれてるんだ……』

怪物《かいぶつ》がそこまでいったとき。

ドドドッカーン!!

やった！　ついに大爆発《だいばくはつ》！

お城《しろ》みたいに大《おお》きな屋敷《やしき》が、がたがたゆれて、あたりはほこりだらけ！

やがて、ほこりがおさまると、オフィスの壁《かべ》に、でっかい穴《あな》が！

「**見《み》て、マイッキー！　怪物《かいぶつ》は屋敷《やしき》の外《そと》へ吹《ふ》っ飛《と》んでったみたい！**」

そして、オフィスの中《なか》は、きらきら輝《かがや》くものでいっぱい！

もちろん、すべて、ぼくたちがうばわれたダイヤモンド！

「マイッキー、下《した》におりて、ダイヤモンドをとりかえそう！」

「うん！　とりかえそう、とりかえそう！」

というわけで、ぼくたちは、悪《わる》い大富豪《だいふごう》をふっとばして、ダイヤモンドの大量《たいりょう》ゲットに大成功《だいせいこう》しました～！

「ぜんいちくん、ぼくたち、大金持《おおがねも》ちになったよ～！」

ひみつの
エレベーターを
のぼった結《けっ》果《か》

ひみつのエレベーターをのぼった結果《けっか》

もくじ

1 なぞのタワーが現《あらわ》れた！

こんにちは、ぜんいちです！
いま、ぼくとマイッキーは、ある村《むら》のお友達《ともだち》の家《いえ》にいます。
実《じつ》は、この家《いえ》に住《す》む村人《むらびと》さんから、
「うちの村《むら》に、とつぜん、とんでもないものが現《あらわ》れたんだ。調《しら》べてくれないか？」
って、たのまれたんです。おさそいをうけたんです。
いったい、なにが、どう、とんでもないのか、これからリポートしたいと思《おも》います！
では、まずは玄関《げんかん》を開《あ》けて……。
ガチャ。

「え……。ぜんいちくん、なに、あれ？　めっちゃ高《たか》い……」

ほんとだ。村《むら》のはずれに、大《おお》きなタワーみたいなものが、そそりたってるよ。

しかも、高《たか》さがハンパない。まさに〝天空《てんくう》につきささる〟って、感《かん》じ。

「いったいなんなんだろ。マイッキー、そばへ行《い》ってみようよ」

近《ちか》づいてみると、そこには村人《むらびと》さんたちがたくさん集《あつ》まってる。

みんな、首《くび》がいたくなるんじゃないかってぐらい、上《うえ》を見《み》あげてる。

「ぜんいちくん、この上《うえ》になにがあるんだろ？」

たしかに気《き》になります。でも、あまりにも高《たか》くて、下《した》からはなにも見《み》えないね。

「あ、マイッキー。タワーのなかに、エレベーターがあるぞ」

「乗《の》ろうよ、ぜんいちくん！　てっぺんに何《なに》があるのか、見《み》に行《い》こう！」

オッケ～。

それじゃあ、エレベーターに乗《の》って、↑ボタンをポチッ。

ウィ～ン。

おー、なめらかに上昇《じょうしょう》しはじめた！

「速《はや》いね、ぜんいちくん！　みるみる地面《じめん》が遠《とお》ざかっていくよ！」

「ぼくたちを見上《みあ》げる村人《むらびと》さんたちも、どんどん小《ちい》さくなっていくね」

ただ、気《き》になるのは、ときどき目《め》の前《まえ》が青《あお》くなること。

なんなんだろ。水《みず》が流《なが》れているみたいに見《み》えるんだけど……。

「ああ、てっぺんになにがあるのか、ぼく、楽《たの》しみだよ～」

マイッキーが声《こえ》をはずませたときだった。

ヒューン……。

「あれ？　ぜんいちくん、エレベーターのスピードが落《お》ちてない？」

「うん。てっぺんに着《つ》くには、まだ早《はや》いような気《き》がするけど……」

不思議《ふしぎ》に思《おも》っているうち、エレベーターがぴたりと止《と》まった。

チーン。

チャイムが鳴《な》って、音《おと》もなくドアが開《あ》く。

そのむこうに現《あらわ》れたのは……。

2

1STステージ　素手《すで》で戦《たたか》え！

「ウー！」

え!?

「ぜんいちくん！　ゾンビがたくさんいるよ！」

ゾンビ？　でも、全身《ぜんしん》グレーだし、大《おお》きな目《め》がピカピカしてるよ。

それに、ぴょんぴょん、とびはねながら移動《いどう》するところも、ゾンビとはちがうね。

「ぜんいちくん！　のんびり説明《せつめい》してる場合《ばあい》じゃないよ。みんな、ぼくたちにおそいかかろうとしてる！」

「ウー！」

ほんとだ！

「マイッキー、これは、戦《たたか》ってやっつけるしかないぞ」

「でも、ぼくたち、なんの武器《ぶき》ももってないよ」

「パンチだよ。パンチでたおそう！」

「ウー！」

スキあり！　顔面《がんめん》にパンチ！

ボスッ。

「ウッ……」

おっ、たおせた！　マイッキーも相手《あいて》をよく見《み》て、パンチを出《だ》せば勝《か》てるよ！

「わかった！　ようし、がんばるぞ。あ、スキあり……」

ボスッ。

「痛《いた》ーい！　先《さき》になぐられちゃったよ、ぜんいちくん……」

なんだって！　マイッキーをなぐったやつは、ぼくが許《ゆる》さない！

ボスッ。

「ウッ……」

やった！

「マイッキー、ぼくといっしょに攻撃《こうげき》しよう。ほら、むこうからきたぞ」

「ウー！」

「いまだ！　いっしょにパーンチ！」

ボスッ。

「ウッ……」

「やった！　やった！」

マイッキー、おおよろこび。

「ぜんいちくん、ぼく、コツをつかんだかも。ひとりでやってみるよ！　パーンチ！」

ボスッ。

「ウッ……」

おおっ、うまい、うまい、マイッキー！　だったら、ぼくも！。

ぼくもマイッキーも、なぞの化《ば》け物《もの》に、パンチを浴《あ》びせ続《つづ》けた。

ボスッ。ボスッ。ボスッ。

「ウッ……」「ウッ……」「ウッ……」

「よしっ！　ぜんいちくん、ぼくたち、全員《ぜんいん》たおしたよ！」

うん！　最初《さいしょ》はどうなることかと思《おも》ったけど、なんとか乗《の》りきったね。

「あ、ぜんいちくん。あそこにチェストがあるよ」

「ほんとだ。なにかいいものが入《はい》っているのかな。開《あ》けてみよう」

スリー、ツー、ワン！　オープン！

「おっ、ピストルだ。見《み》たことがないタイプだけど、けっこう威力《いりょく》がありそうだな。この先《さき》、必要《ひつよう》になるかもしれないから、持《も》っていこう」

「ぜんいちくん、金《きん》のリンゴもあるよ。なぞの化《ば》け物《もの》の攻撃《こうげき》で、体力《たいりょく》が少《すこ》し減《へ》ったから、食《た》べて回復《かいふく》しておこうよ」

うん、そうしましょう！

ムシャムシャムシャ。

「マイッキー、防具《ぼうぐ》も入《はい》ってたから、着《き》てみようよ」

チェストプレートに、レギンス、ブーツをはいて、最後《さいご》にヘルメットをかぶってと。

シャキーン！

さらに、ピストルを装備《そうび》して、さっと構《かま》えると。

「おおっ、かっこいい！　ぼくたち、かなりパワーアップしたんじゃない？」

「パワーだけじゃないみたい。ぜんいちくん、見《み》て！」

バタバタバタバタ！

うっそ。マイッキー、超高速《ちょうこうそく》で走《はし》りまわってる。

そうか、このブーツをはくと、速《はや》く走《はし》れるんだ。

「ようし、マイッキー。この最強装備《さいきょうそうび》で、さらに上《うえ》にあがってみようよ」

たぶん、この先《さき》もいくつか、ここみたいなステージに止《と》まるんだろうけど。

「それをのりこえていけば、てっぺんにたどり着《つ》けるんじゃないかな」

「うん、上《あ》がろう、上《あ》がろう！　きっと、てっぺんには、すごいものがあるんだよ。楽《たの》しみだよ～」

3 2NDステージ 最強《さいきょう》装備《そうび》を使《つか》え！

というわけで、ぼくたちはまた、エレベーターに乗《の》りこむと、上《うえ》へ。

ヒュイ〜ン。

「速《はや》い、速《はや》い！　それにいいながめだね、ぜんいちくん！」

「ほんと！　村全体《むらぜんたい》が見《み》わたせるし、あ、むこうには海《うみ》まで見《み》えてきたよ！」

ヒューン……。

あ、エレベーターのスピードが落《お》ちてる。あ、止《と》まった。

チーン。

そして、ドアが開《ひら》くと。

「ウググググ！」

うわぁ、やっぱりいました、なぞの生物《せいぶつ》！

こんどのは、体《からだ》は黒《くろ》で、腕《うで》がピンク。敵《てき》は二体《にたい》だけとはいえ、さっきのより、ずっと大《おお》きくて強《つよ》そうだ。

「でも、マイッキー、あわてないで。さっきとちがって、いまのぼくたちは最強《さいきょう》の防具《ぼうぐ》を身《み》につけているんだから」

「わかってるよ、ぜんいちくん。いっしょに化《ば》け物《もの》をたおそう！」

「ウグググ！」

「来《き》たぞ、マイッキー！　ピストルで

攻撃《こうげき》だ！」

プシューン！

「ウグ……」

おおっ、このピストル、すごい威力《いりょく》だな。一発《いっぱつ》で敵《てき》をたおせるぞ！

「ぜんいちくんの後《うし》ろの敵《てき》は、ぼくにまかせて！」

プシューン！

「ウグ……」

「ぜんいちくん！　あっというまに、すべて撃退《げきたい》したね！」

「うん！　パーフェクトな勝利《しょうり》だったね！」

そして、ここにもチェストがあるので、さっそく開《あ》けてみましょう。

スリー、ツー、ワン！　オープン！

「ジャーン！　入《はい》っていたのは、金《きん》のリンゴと剣《けん》でした！」

さっそく金《きん》のリンゴを食《た》べて、体力回復《たいりょくかいふく》。

ムシャムシャムシャ。

「ぜんいちくん、さっきのなぞの生物《せいぶつ》は、なんだったんだろうね」

うーん、それもなぞだったね。

それにしても、マイッキー、その剣《けん》、にじ色《いろ》に輝《かがや》いて、きれいだね。

「うん。ぼく、気《き》に入《い》ったよ。さあ、さらに上《うえ》に行《い》こうよ」

行《い》きましょう！

ヒユイ〜ン。

おお、上《あ》がる、上《あ》がる。

「こんど止《と》まったところには、なにがあるんだろ？」

「いいものがあるといいね、ぜんいちくん。あと、敵《てき》がいないといいなあ」

たしかに。敵《てき》がいなくて、お宝《たから》があったら、最高《さいこう》だけど。

そううまくいくかなぁ。

4

3RDステージ 牢屋《ろうや》にいるのは敵《てき》？ 味方《みかた》？

おお、上《あ》がる、上《あ》がる！

「マイッキー、外《そと》を見《み》て。ぼくたち、雲《くも》の上《うえ》に出《で》たよ」

「あ、下《した》に見《み》えるふわふわした白《しろ》いものって、雲《くも》だったんだ！」

ヒューン……。

「おっ、エレベーターのスピードが落《お》ちはじめたぞ、マイッキー」

「敵《てき》がいるかもしれないから、気合《きあ》いをいれよう」

チーン。

とびらが開《あ》いたぞ。さて、こんどはどんな敵《てき》が……。

「あれ？　なにもいない……」

「でも、ぜんいちくん、むこうに何《なに》かあるよ。行《い》ってみよう」

うん。

あ、これは牢屋《ろうや》だ。部屋《へや》のおくは牢屋《ろうや》になってるんだよ。

そして、中《なか》には、茶色《ちゃいろ》い生《い》き物《もの》が閉《と》じこめられている……。

「ぜんいちくん。あれはキツネかな？」

「いや、マイッキー。オオカミだよ」

ただ、二本足《にほんあし》で歩《ある》いているから、オオカミ人間《にんげん》っぽいけど。

「牢屋《ろうや》の中《なか》をいったりきたりして、なんだかかわいそう」

マイッキーは、牢屋《ろうや》の中《なか》をのぞきこんでいる。

「あ、牢屋《ろうや》の中《なか》にチェストがあるよ。また、お宝《たから》が入《はい》ってるのかも……」

そういって、マイッキーが牢屋《ろうや》に顔《かお》をくっつけたとき。

ボスッ！

「ひえっ！　牢屋《ろうや》の中《なか》からオオカミにパンチされた！」

「アハハハ。近《ちか》づきすぎだよ、マイッキー。動物園《どうぶつえん》でも、檻《おり》にはさわらないようにって、注意書《ちゅういが》きがあるでしょ」

ん？　牢屋《ろうや》のはしっこに、レバーがあるぞ。

「マイッキー、このレバー、ひいてみる？　ひいたら、牢屋《ろうや》が開《ひら》くかもしれないけど」

「そうだねえ。チェストの中《なか》のお宝《たから》が気《き》になるから、ひいてみようか」

「うん。オオカミ人間《にんげん》が敵《てき》と決《き》まったわけでもないし、いざというときでも、こちらには、ピストルと剣《けん》もあるしね」

それでは、レバーをひきます。

スリー、ツー、ワン！　オープン！

ガラガラガラ。

音《おと》をたてて開《ひら》いた牢屋《ろうや》から、オオカミ人間《にんげん》が出《で》てきた。

「だいじょうぶ、オオカミ人間《にんげん》さんは、きっと味方《みかた》！」

祈《いの》るようにつぶやくマイッキーへ、オオカミ人間《にんげん》は、ノシッ、ノシッと大《おお》またで近《ちか》づいていくと。

ドスッ！

「うっ……」

ドスッ！

「うっ……。た、たすけて、ぜんいちくん……」

たいへんだ！　マイッキーがオオカミ人間《にんげん》にめちゃめちゃ攻撃《こうげき》されて

る！

「マイッキー、反撃《はんげき》だ！　ぼくは剣《けん》を使《つか》うぞ！」

ビュン、ビュン、ビュン！

すごい、この剣《けん》！　ぼくの力《ちから》の二倍《にばい》のスピードでふることができる。

しかも、かならず、オオカミ人間《にんげん》の体《からだ》にヒットしてる。

「グオ……」

「ぜんいちくん、ぼくはピストルで攻撃《こうげき》するよ！」

プシュン！　プシュン！　プシュン！

「グ、グオ……」

ドシーン……。

「やった！　オオカミ人間《にんげん》をたおしたぞ！」

「ちょろいもんだったねえ、ぜんいちくん。さあ、お宝《たから》、お宝《たから》〜」

さっきはおおあわてだったマイッキー、なぜかいまは余裕《よゆう》のよっちゃん。

でも、もちろん、ぼくもチェストの中身《なかみ》が気《き》になるので。

スリー、ツー、ワン！　オープン！

「金《きん》のリンゴと……。お、銃《じゅう》も入《はい》ってる。それもいま持《も》っているピストルとはちがった、マシンガンタイプの新《あたら》しい銃《じゅう》だ」

「これ、銃《じゅう》なの？　先《さき》から火《ひ》が出《で》てるけど」

ほんとだ。どんな威力《いりょく》があるのか、かなり気《き》になるな。

「ぜんいちくん。ぼく、ためしに引《ひ》き金《がね》をひいてみるよ」

カチッ。

ブワーーーーーン!!

「うっきゃあ！　ものすごい炎《ほのお》が吹《ふ》きだした！」

そうか、これは火炎放射器《かえんほうしゃき》なんだ！　これはすごいぞ！

この先《さき》、どんな化《ば》け物《もの》におそわれても、これがあれば必《かなら》ず勝《か》てるもの！

「ようし、マイッキー。さらに上《うえ》にいきましょう！」

5 なぞのアイテムをゲット？

ヒュイ～ン。

「こんどはどんないいものをゲットできるか、楽《たの》しみだね、ぜんいちくん」

「うん。それにしても、ぼくたち、そうとう高《たか》いところまできたみたいだぞ」

だって、空《そら》がブルーから濃《こ》い青《あお》に変《か》わってるもの。宇宙《うちゅう》に近《ちか》いってことかも。

ヒューン……。チーン。

「マイッキー、敵《てき》がいるかもしれないから、スタンバイして」

エレベーターのとびらが、すーっと開《ひら》く。

「ぜんいちくん！　なんかいる、なんかいる、なんかいる！」

「そんなに何回《なんかい》もいわなくても、わかるよ、マイッキー」

それにしても、なんだろ、体《からだ》が銀色《ぎんいろ》に光《ひか》ってるし、動《うご》きがカクカクしてる。

生《い》き物《もの》というより、ロボット？

「うぎゃぁ！　攻撃《こうげき》された！」

うおっ、マイッキーがやられた！

「反撃《はんげき》はぼくにまかせて、マイッキー！　火炎放射器発射《かえんほうしゃきはっしゃ》！」

ブワーーーーーン!!

おおおー！　銀色《ぎんいろ》の胴体《どうたい》が、炎《ほのお》の熱《ねつ》でまっ赤《か》になっていくぞ。

「すごい、すごい、すごい！　ぼくも火炎放射器《かえんほうしゃき》を使《つか》うよ、ぜんいちくん！」

ブワーーーーーン!!

ボムッ。

「やった！　なぞのロボットを燃《も》やしつくしたよ、ぜんいちくん！」

火炎放射器《かえんほうしゃき》、強《つよ》っ！　剣《けん》を使《つか》うまでもなかったね。

「マイッキー。チェストがあるから、さっそく開《あ》けてみましょう」

スリー、ツー、ワン！　オープン！

「ぜんいちくん、最新式《さいしんしき》の防具《ぼうぐ》が入《はい》ってるよ。さっそく着《き》がえようよ！」

そうだね。へえ、このチェストプレート、白《しろ》とシルバーでかっこいいな。

「ぜんいちくん、宇宙飛行士《うちゅうひこうし》みたいで、めちゃくちゃかっこいいよ、これ！」

「マイッキー。チェストには、ロケットランチャーも入《はい》ってるよ。しかも、これ、ただでさえ威力抜群《いりょくばつぐん》なのに、ロックオンして撃《う》てるところがすごい」

「ロックオン？　どういうこと？」

「たとえば、マイッキーが敵《てき》だとして、ロケットランチャーをむけると……」

ピピピピ……、ピーッ！

「ほら、照準《しょうじゅん》が赤《あか》くなった。この状態《じょうたい》で引《ひ》き金《がね》をひくと、確実《かくじつ》に命中《めいちゅう》……」

「うわぁ、それはかんべんしてくださいよぅ」

ごめん、ごめん！

ロックオンを解除《かいじょ》しないと、ほんとにマイッキーをふっとばしちゃうね。

「そうそう、チェストには、ほかにも体力回復用《たいりょくかいふくよう》の金《きん》のリンゴと、あと、なその頭《あたま》みたいなものも入《はい》ってるんだよね」

「なにそれ？　なんだか、ぶきみじゃない、ぜんいちくん……」

うん。たしかに使《つか》い道《みち》はなぞだけど。とりあえずゲットしておきまーす。

「そしたら、ぜんいちくん、そろそろまた上《うえ》へ行《い》かない？」

「そうだね。さすがにつぎは、いちばんてっぺんかもしれないね」

「上《あ》がるたびに手《て》に入《はい》るものがアップグレードしてるからね、楽《たの》しみだよ」

というわけで、エレベーターに乗《の》って、レッツゴー！

6 なぞのアイテムを使《つか》ったら……

ヒュイ～ン。

エレベーターはのぼりつづけている。

空《そら》はますます宇宙《うちゅう》の色《いろ》に近《ちか》づいているけど……。

「マイッキー、こんどはなかなか止《と》まらないね」

「それだけ、いいものが待《ま》ってるってことじゃない？」

だといいんだけどね。

ヒューン……。チーン。

とびらが開《ひら》くのがまちきれないように、マイッキーが飛《と》びだした。

ところが、マイッキー、あちこち、うろうろするばかり。

「あれ？　なんもない……。壁《かべ》も屋根《やね》もないし、敵《てき》もいないよ？」

ほんとだ。まわりは三六〇《さんびゃくろくじゅう》度《ど》、すべて、青《あお》い空《そら》。

つまり、屋上《おくじょう》ってことか。でも、まわりにフェンスも手《て》すりもないね。

「マイッキー、気《き》をつけて。うっかり落《お》ちたら、ひとたまりもないよ」

「それより、せっかくてっぺんまできたのに、なにもないなんて悲《かな》しいよ」

「まあね……。あ、でも、むこうになにか赤《あか》いものがあるぞ」

近《ちか》づいてみると、それはTNT《ティーエヌティー》をT《ティー》の字形《じけい》に積《つ》みあげたもの。

その上《うえ》には、なぞの頭《あたま》が二《ふた》つ、左《ひだり》とまんなかにのってる。

「ぜんいちくん、この頭《あたま》、さっき手《て》に入《い》れたのと、顔《かお》が同《おな》じじゃない？」

たしかに。ただ、右《みぎ》がわだけ頭《あたま》がないのは、見《み》た目的《めてき》にバランスが悪《わる》いような……。

「わかったぞ、マイッキー！　右《みぎ》がわには、さっき手《て》に入《い》れたなぞの頭《あたま》を乗《の》せればいいんじゃないかな」

「なーるほど！　そしたら、なにかお宝《たから》が手《て》に入《はい》るんだよ！」

うん。ただ、土台《どだい》がTNT《ティーエヌティー》っていうところが、気《き》になるけどね。

なぞの頭《あたま》を置《お》いたとたん、ドッカーンとか……。

「だいじょうぶ！　ぼくたち、最新式《さいしんしき》の防具《ぼうぐ》も着《き》ているんだもの！」

「そうだね。体力回復《たいりょくかいふく》の金《きん》のリンゴもあるし」

ようし、それじゃあ、なぞの頭《あたま》、置《お》いてみまーす！

「行《い》くぞ、マイッキー。きっといいものが出《で》ると信《しん》じて……」

スリー、ツー、ワン！　セット！

シュワワワワーン！

あれ？　T《ティー》の字形《じけい》に積《つ》みあげたTNT《ティーエヌティー》が、銀色《ぎんいろ》の体《からだ》に変《か》わったぞ。

三《みっ》つのなぞの頭《あたま》が、目《め》を黄色《きいろ》に光《ひか》らせながら、マイッキーのほうへ近《ちか》づいていく。

「**マイッキー！　それは、TNT《ティーエヌティー》がとつぜん変異《へんい》してできた生《い》き物《もの》、ミュ**

ータントだよ！　TNT《ティーエヌティー》で攻撃《こうげき》してくるから、早《はや》く逃《に》げて！」

そういった瞬間《しゅんかん》。

ドッカーン！

「うぎゃあ！　ぜんいちくん、めっちゃ爆発《ばくはつ》したぁ！」

マイッキー、ころがるように、ぼくのほうへ逃《に》げてくる。

でも、それを追《お》いかけるように、ミュータントもせまってくる。

ようし、こうなったら、ロケットランチャーで攻撃《こうげき》だ。

ピピピピ……、ピーッ！

よし、照準《しょうじゅん》が赤《あか》くなったぞ。

ロックオン！　発射《はっしゃ》！

プシューン！　ドカーン！

「やった！　命中《めいちゅう》したよ、ぜんいちくん！　ミュータントがたおれてる！」

ところが、よろこんだのもつかのま、ミュータントは、むくっとおきあがった。

「マイッキー、気《き》をつけろ！　また攻撃《こうげき》してくるぞ！」

「だいじょうぶ、ぼく、火炎放射器《かえんほうしゃき》で攻撃《こうげき》するから！」

だったら、ぼくはロケットランチャーを連射《れんしゃ》しよう！

ブワーーーーン!!　ボムッ！

ピピピピ……、ピーッ！　ロックオン！

プシューン！　ドカーン！

「よしよしよしよし、ミュータントのやつ、ダメージをくらってるぞ」

「この調子《ちょうし》で、攻撃《こうげき》しよう、ぜんいちくん！」

ブワーーーーーン!!　ボムッ！

プシューン！　ドカーン！

攻撃《こうげき》を続《つづ》けるうち、ついにミュータントの体《からだ》が、オレンジ色《いろ》に燃《も》えあがった。

ズズズズーン！

「すごい爆発《ばくはつ》！　ぜんいちくん、ミュータントはどうなったの？」

　でも、たちこめる煙《けむり》でなにも見《み》えない。

　しばらくして、ようやく煙《けむり》が消《き》えると、ミュータントの姿《すがた》はなかった。

かわりに、ミュータントがいたところに、大《おお》きな穴《あな》が開《あ》いている。

「やったぞ、マイッキー！　ミュータントをたおした！」

「よかったぁ！　一時《いちじ》はどうなることかと思《おも》ったけど、ロケットランチャー

と火炎放射器《かえんほうしゃき》の力《ちから》のほうが、ぜんぜん上《うえ》だったね」

「ほんと。意外《いがい》にかんたんにたおせたね。だけど……」

ぼくはあたりをきょろきょろ。

「チェストはどこにもないぞ……」

「そ、そんなぁ……。せっかくてっぺんまで、たどりついたのに……」

うん……。ほんと、がっかりだね。

「って、待《ま》って、マイッキー。むこうに小屋《こや》があるよ。行《い》ってみる？」

「もちろん！　お宝《たから》は、あの小屋《こや》に入《はい》ってるんだよ、きっと！」

7 エレベーターのてっぺんは？

ぼくたちは、さっそく小屋《こや》にむかった。

ところが、小屋《こや》があったのは、屋上《おくじょう》からつきだした細《ほそ》い通路《つうろ》の先《さき》。

手《て》すりもないから、かなりこわいです。

「ぜんいちくん、どうしてこんなところに小屋《こや》を作《つく》ったと思《おも》う？」

「わからないよ。それを知《し》るためにも、ドアを開《あ》けてみよう」

ええっと、ドアの横《よこ》にスイッチがあるぞ。これをおすのかな？

スイッチ、オン！

カチャン。

中《なか》にとびこんで、びっくり。だって、壁《かべ》も床《ゆか》も、まっ赤《か》だったんだ。

「ぜんいちくん、ぼくの足《あし》もとは茶色《ちゃいろ》い木《き》の床《ゆか》だよ。それに、ボタンがついているんだけど。おしてみようか」

「マイッキー、それはどうかな。なにかのワナかもしれないよ」

「それはないでしょ。とにかく、ボタンをおしてみるよ」

ポチッ。

ガタン！

「うわぁ〜！」

な、なんと！　木《き》の床《ゆか》が開《ひら》いて、マイッキーが落《お》っこちた！

しかも、床《ゆか》はすぐにパタンと閉《と》じたから、マイッキーがどうなったかもわからない。

「な、なに、ここ？　どうなってるの？」

あれ、マイッキーの声《こえ》がする。ってことは、床《ゆか》のすぐ下《した》にいるのかな？

「マイッキー、だいじょうぶ？」

「うそうそうそうそ！　うそでしょ！　なにこれ？」

マイッキー、ぼくには答《こた》えず、ひとりで大興奮《だいこうふん》。

なにが起《お》きているのか、めっちゃ気《き》になるんだけど。

「早《はや》く！　ぜんいちきゅんも来《き》て！」

よ、よし。行《い》ってみましょう。

スリー、ツー、ワン！　ボタンをポチッ。

ガタン！

うぉ、落《お》ちる、落《お》ちる……。

ボッチャーン！

え？　水《みず》に落《お》ちた？　と思《おも》ったら……。

シュバシュバシュバー！

うわぁ、なんか、すべり台《だい》みたいに、すべり落《お》ちてる。

これ、もしかして、ウォータースライダー⁉

「そうなんだよ、ぜんいちくん！」

下《した》の方《ほう》から、マイッキーの声《こえ》が聞《き》こえた。

「**タワーのてっぺんから下《した》まで、一気《いっき》にすべりおりられるみたいなの！**」

あ、そういうこと！

シュバシュバシュバー！

いや、これ、めちゃめちゃ気持《きも》ちいいじゃん！

まずはふわふわの白《しろ》い雲《くも》にむかっていき。

雲《くも》をぬければ、ぱっと広《ひろ》がる地上《ちじょう》の世界《せかい》。

海《うみ》、森《もり》、湖《みずうみ》、川《かわ》、そして、ぐんぐん大《おお》きくなっていく村《むら》！

そうか、エレベーターで上《あ》がっていくとき、ときどき水《みず》が見《み》えたけど、

ウォータースライダーだったんだ。

シュバシュバシュバー！　速《はや》い、速《はや》い～！

うわぁ、もう村《むら》に着《つ》いた。一瞬《いっしゅん》ですべりおりてきちゃったよ。

「でも、おもしろかったね、ぜんいちくん！」

いや、ほんと。こんなに高《たか》くて、速《はや》くて、楽《たの》しいウォータースライダーは初《はじ》めてだよ。

というわけで、村《むら》にとつじょ現《あらわ》れたなぞの超高層《ちょうこうそう》エレベーターに乗《の》って、てっぺんを目指《めざ》してみたら、あちこちに敵《てき》がいて、最後《さいご》はめちゃめちゃおもしろいウォータースライダーがありました！

これからも、マイッキーとぜんいちの冒険《ぼうけん》をお楽《たの》しみに〜！

「また、会《あ》おうね〜！　バイバーイ！」

動画《どうが》と小説《しょうせつ》、比《くら》べるとおもしろいよ！

石崎洋司《いしざきひろし》

こんにちは！『レッツゴー！まいぜんシスターズ』、早《はや》くも四巻目《よんかんめ》！今回《こんかい》の「人食《ひとく》いタコVS《バーサス》セキュリティ」はいかがでしたか？クジラも食《た》べてしまうホエールイーターって、いったいどんな化《ば》け物《もの》かと思《おも》ったけれど、とんでもない巨大《きょだい》タコでしたね！

潜水艇《せんすいてい》でホエールイーターを探《さが》すところや、大急《おおいそ》ぎで逃《に》げるところは、超《ちょう》サスペンスだし、上陸《じょうりく》してきたホエールイーターをやっつけるところでは、ぜんいちが次《つぎ》から次《つぎ》へとアイデアを思《おも》いついて、かっこよかったぁ！

というわけで、いままでの四巻《よんかん》のなかでは、いちばんハデなシーンの多《おお》いお話《はなし》だったと思《おも》いませんか？

一方《いっぽう》、「ダイヤモンドを大量《たいりょう》ゲットして大富豪《だいふごう》になる！」では、マイッキーのおもしろボケがいっぱい！

「ひみつのエレベーターをのぼった結果《けっか》」では、階《かい》を上《あ》がるごとに、おかしなキャラが現《あらわ》れて、びっくり！　でも、ラストであんなに楽《たの》しいことが待《ま》ってるなら、ぼくものぼってみたいなぁ。

そして、そして！　特《とく》に第一話《だいいちわ》と第二話《だいにわ》では、動画《どうが》とはちょっとちがう展開《てんかい》になっているところもあるんだけど、気《き》がついた？

まだの人《ひと》は、ぜひ動画《どうが》と小説《しょうせつ》と比《くら》べてみてくださーい！

さあ、次《つぎ》はどんなお話《はなし》を小説《しょうせつ》にしようかなぁ。

リクエストがある人《ひと》、キミノベルのサイトの『レッツゴー！　まいぜんシスターズ』にアクセス、「感想《かんそう》をおくる」に書《か》きこんでください。参考《さんこう》にさせてもらいます！

それでは、第五巻《だいごかん》をお楽《たの》しみに～!!

二〇二四年《にせんにじゅうよねん》　十一月《じゅういちがつ》

ぜんいちを描《か》いてみよう！

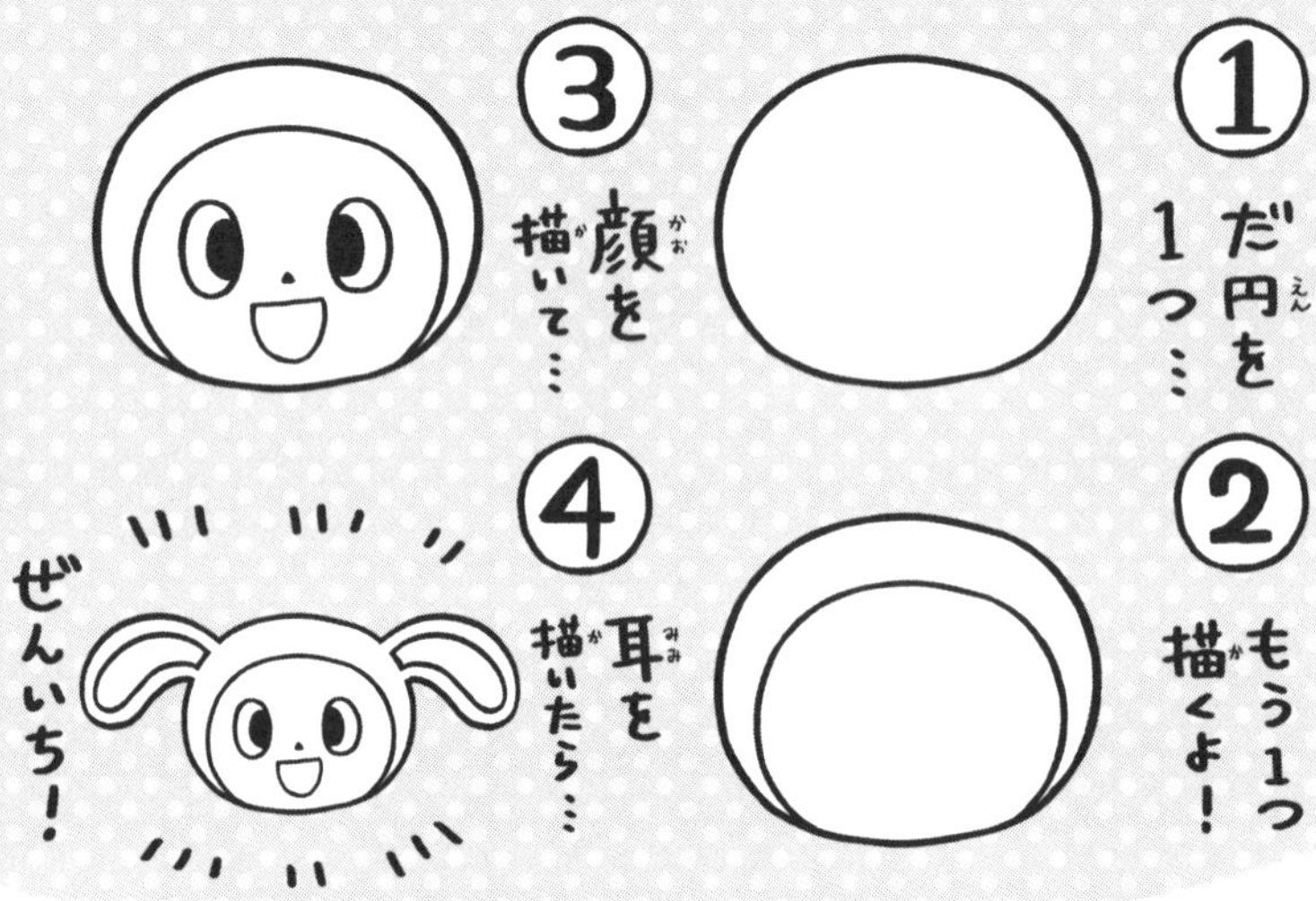

まいぜんシスターズ ★ あとがき

みなさん、こんにちは。ぜんいちです。
いや～今回《こんかい》も手《て》に汗《あせ》握《にぎ》る大冒険《だいぼうけん》だったなぁ～

よいしょ、こらしょ、どっこいしょ！

ん？ マイッキー何《なに》を運《はこ》んでるの？
でっかくてやたら長《なが》いけども……

あ、ぜんいちくん！ これからカイトくんと
村《むら》のみんなでタコパするからおいでよ～！

タコパ？

タコ焼《や》きパーティに決《き》まってるでしょ！
そして今《いま》ぼくが運《はこ》んでいるのは、
あの巨大《きょだい》なタコの足《あし》で～すっ！

どえぇ!? ぼくたちがたおしたあの巨大《きょだい》なタコ!?

そう！ さっき村《むら》の近《ちか》くで一本《いっぽん》だけ
タコの足《あし》が発見《はっけん》されたんだよ

わぁ、すごいね！ しかも高性能爆弾《こうせいのうばくだん》で
いい感《かん》じに焼《や》けてるじゃん

でしょ！ だから『人食《ひとく》いタコ
討伐記念《とうばつきねん》☆タコパ』を開催《かいさい》します！

サイコーだね！ この大《おお》きさなら
タコ焼《や》き1000人分《にんぶん》は作《つく》れるね

焼《や》きまくろ～！ あ、そういうことで、
本《ほん》を読《よ》んでくれたみんな～
ぼくタコパするから、まったね～！

また別《べつ》の本《ほん》で会《あ》おうね！ タコパいってきまーす☆

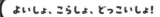

イラストギャラリー

みんなが送《おく》ってくれたイラストを、紹介《しょうかい》するよ〜！

大賞《たいしょう》

小5
P.N.
はるまきすけ

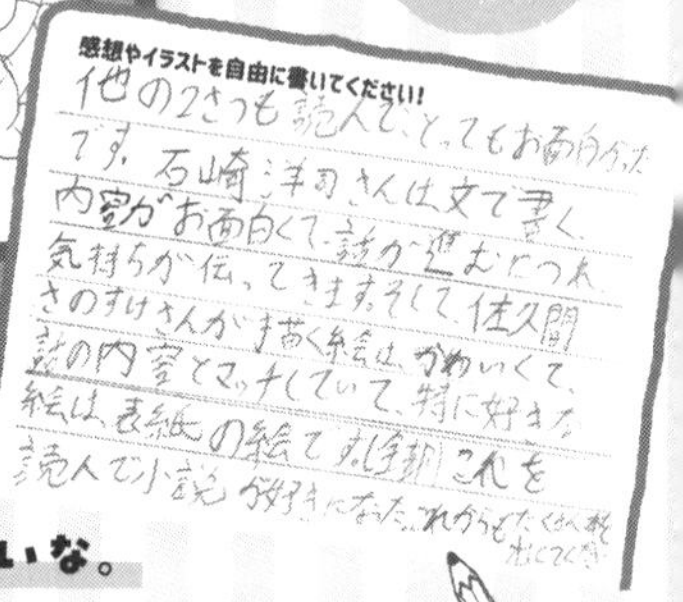

大賞《たいしょう》おめでとう〜！
感想《かんそう》もイラストも力作《りきさく》！
小説《しょうせつ》を好《す》きなってくれてうれしいな。

小3
すずき
にこ

肉《にく》を食《た》べまくる
マイッキーの
表情《ひょうじょう》がイイネ！

小3
たけだ
はるか

海辺《うみべ》でのんびりするふたり。
気持《きも》ちよさそう〜！

キャリー画伯《がはく》の

キャリーちゃんのギャラリーへようこそ！　ここでは、

8万部
おめでとう!!
ケーキ!

小4
P.N.
はるっち

8万部《まんぶ》の
お祝《いわ》いをしてくれたよ！
ありがとう！

小2
もりた
あらた

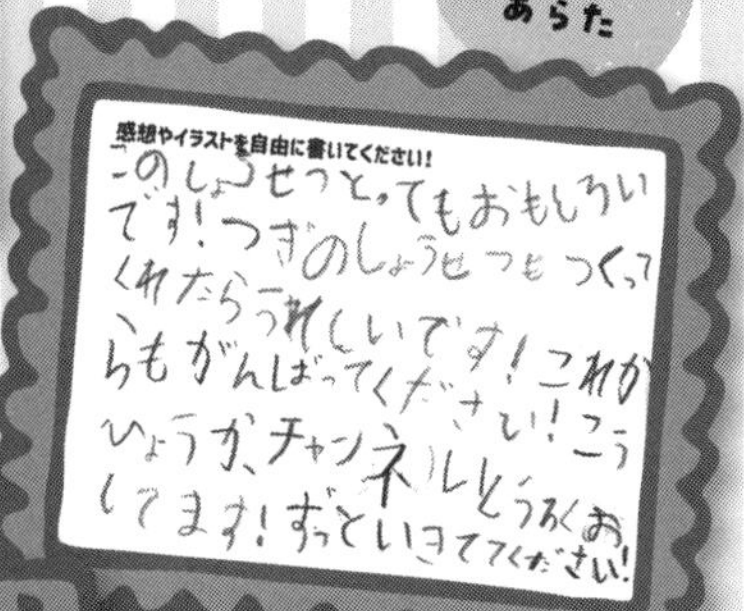
感想やイラストを自由に書いてください!
このしょうせつとってもおもしろい
です!つぎのしょうせつもつくって
くれたらうれしいです!これか
らもがんばってください!こう
ひょうか、チャンネルとうろくお
してます!ずっといきてってください!

小3
いまいずみ
げんき

感想やイラストを自由に書いてください!

次《つぎ》の小説《しょうせつ》も
楽《たの》しみに待《ま》ってね！

ぜんいちとマイッキーが
ハイタッチ！

小6
P.N.
しのり

キャリーちゃんとバナナくんも描《か》いてくれて、とっても上手《じょうず》!

小3
P.N.
ハルマ

みんなでごはん、おいしそう!
キャリーちゃんもかわいいね。

小3
にいみ
さきほ

とっても細《こま》かくシーンを描《か》いてくれたよ!

小6
P.N.
大豆《だいず》I.H

3巻《かん》のお話《はなし》を全部《ぜんぶ》描《か》いてくれたよ!
上手《じょうず》!

中1
P.N.
グミたまご

イングリッシュネームも
かっこよく
描《か》いてくれました!
絵《え》がかわいいね。

小5
P.N.
ぜんいち大好《だいす》き
Nちゃん

もっともっと
まいぜんの本《ほん》を書《か》くね!
これからもよろしく!

イラスト募集中《ぼしゅうちゅう》

ポプラキミノベルにはさんであるハガキ、もしくは官製《かんせい》ハガキに
イラストや感想《かんそう》を書《か》いて、下《した》の住所《じゅうしょ》まで送《おく》ってね!
本《ほん》にのせる場合《ばあい》は、編集部《へんしゅうぶ》から連絡《れんらく》をするので、
メールアドレスを忘《わす》れずに書《か》いてね!

まってるよ～

〒141-8210　東京都品川区西五反田《とうきょうとしながわくにしごたんだ》3-5-8
（株）ポプラ社 児童書編集《じどうしょへんしゅう》
ポプラキミノベル係行《かかりゆき》

※この作品はYouTubeチャンネル「まいぜんシスターズ」
で配信されている動画
『人喰いタコvs.セキュリティ』
『ダイヤモンドを大量ゲットして大富豪になる！』
『秘密のエレベーターをのぼった結果!?』
をもとに、ノベライズ用に再構成したものです。

文／石崎洋司（いしざきひろし）

東京都生まれ。慶應大学経済学部卒業後、出版社勤務を経てデビュー。2012 年『世界の果ての魔女学校』で野間児童文芸賞、2013 年日本児童文芸家協会賞を受賞。2023 年『「オードリー・タン」の誕生』で産経児童出版文化賞 JR 賞受賞。主な作品に「黒魔女さんが通る!!」シリーズ、「神田伯山監修・講談えほん」シリーズ（共に講談社）、『ポプラ世界名作童話　ふしぎの国のアリス』、「サイキッカーですけど、なにか？」シリーズ（共にポプラ社）、翻訳に「少年弁護士セオの事件簿」シリーズ（岩崎書店）、など多数。

絵／佐久間さのすけ（さくまさのすけ）

神奈川県出身・在住のイラストレーター。10 月 31 日生まれ。
2013 年から『ポケモンカードゲーム』にカードイラストで参加。2018 年度には『NHK テキスト 基礎英語 1』の表紙、挿絵を 1 年間担当した。明るく、可愛く、元気のいいイラストが得意。
動物が好きで、特に犬とラッコが好き。
【HP】https://sakumasanosuke.net/

ダイヤモンドほしいな～

POPLAR KIMINOVEL

ポプラキミノベル（い-01-09）

レッツゴー！　まいぜんシスターズ
人食いタコ VS セキュリティ

2024 年 11 月　第 1 刷
2025 年 6 月　第 4 刷

文	石崎洋司
絵	佐久間さのすけ
発行者	加藤裕樹
編　集	杉本文香
発行所	株式会社ポプラ社 〒 141-8210　東京都品川区西五反田 3-5-8 JR 目黒 MARC ビル 12 階
ホームページ	www.kiminovel.jp
印刷・製本	中央精版印刷株式会社
ブックデザイン	千葉優花子
フォーマットデザイン	next door design

この本は、主な本文書体に、ユニバーサルデザインフォント（フォントワークス UD 明朝）を使用しています。

ISBN978-4-591-18376-2　N.D.C.913　156p　18cm

P8053029

レッツゴー！
まいぜん
シスターズ
シリーズ累《るい》計《けい》
10万《まん》部《ぶ》突《とっ》破《ぱ》!!
1~4巻《かん》
好《こう》評《ひょう》発《はっ》売《ばい》中《ちゅう》！
石崎洋司／文
佐久間さのすけ／絵
©MAIZEN

読者のみなさまへ

本を読んでいる間、しばらくほかのことを忘《わす》れて、気分転換《てんかん》ができたり、静かな時間をすごせたなら、それだけで素敵《すてき》なことです。笑ったりハラハラしたり、感動したり、物語を読み進めながら心が動く瞬間《しゅんかん》があったなら、それはみなさんが思っている以上に、ほかには代《か》え難《がた》い、最高の経験《けいけん》だと思います。

あなたは、文章から、あなただけの想像《そうぞう》世界を思い描《えが》くことができたということだからです。

「ポプラキミノベル」は、新型コロナウイルスが世界中に広がり、皆《みな》が今までに経験《けいけん》したことのない危険《きけん》にさらされ、不安な状況《じょうきょう》の最中に創刊《そうかん》しました。その中にいて、私《わたし》たちは、このような時に本当に大切なのは、目の前にいない人のことを想像《そうぞう》できる力、経験《けいけん》したことのないことを思《おも》い描《えが》ける力ではないかと、強く感じています。

本を読むことは、自然にその力を育ててくれます。そして、その力は必ず将来《しょうらい》みなさんをおたがいに助け、心をつなげあい、より良い社会をつくりだす源《みなもと》となるでしょう。いろいろなキミのために、という意味の「キミノベル」には、キミたちの未来のためにという想いも込《こ》めています。

——若者《わかもの》が本を読まない国に未来はないと言います。

キミノベルの前身、二〇〇五年に創刊《そうかん》したポプラポケット文庫の巻末《かんまつ》に掲載《けいさい》されている言葉を、改めてここにも記し、みなさんが心から「読みたい！」と思える魅力的《みりょくてき》な本を刊行《かんこう》していくことをお約束したいと思います。

二〇二一年三月

ポプラキミノベル編集部《へんしゅうぶ》